Onid von Hahn

Piano Delle Mele

Ein Weg, der Aussicht
vom Berg verspricht

Erzählung

Bibliographische Information Der Deutschen Bibliothek
Die Deutsche Bibliothek verzeichnet diese Publikation in der Deutschen
Nationalbibliographie; detaillierte bibliographische Daten sind im Internet über
http://dnb.ddb.de abrufbar

ISBN 978-3-8334-9310-2

© 2007 Onid von Hahn
Umschlagfoto: Onid von Hahn
Umschlaggestaltung, Satz, Layout, Lektorat: Klemens Jackisch
biografiewerkstatt leben-als-buch
http://www.leben-als-buch.de
Herstellung und Verlag: Books on Demand GmbH, Norderstedt

PROLOG

Wir schreiben das Jahr 2001 und es ist seit dem letzten Eintrag einiges passiert in meinem Leben. Nicht, dass ich das Gefühl hätte, ich müsste noch schnell alles niederschreiben, weil es in Kürze vorbei ist. Man könnte auch sagen, wer nicht schreibt, der bleibt sich fremd, wie Martin Walser es einmal ziemlich direkt aussprach.

Vor drei Jahren fing alles an; bis dahin hatte mich das Leben eigentlich immer angelächelt. Aufgewachsen bin ich in einem bürgerlichen Elternhaus, ohne den kleinbürgerlichen Ehrgeiz, der so manchen meiner Freunde traf. Meine Eltern lebten die pragmatische Tapferkeit ihres Eheversprechens, jedoch ohne akademische Stoßrichtung. Mein Abitur machte ich in Leverkusen, einer Stadt mit provinziellem Charakter. Nach der Reifeprüfung reiste ich mit dem Motorrad durch Europa, lernte viele Menschen kennen und fühlte mich durch materiellen Wohlstand und Freiheit beschenkt. Auch die Studienjahre gehörten dazu. Das Leben meinte es gut mit mir; ich war frei, kein Lohnempfänger und gesund. Heute weiß ich, dass ich mir in diesen Jahren einige Zeit vertrieben habe. Ich hatte nur geträumt, ich sei wach. Es hat eine Zeit gedauert, bis es zum Vorschein kam. Vorher war ich immer der Meinung gewesen, ich hätte von Geburt an ein Anrecht auf ein erfülltes Leben, reich an Freuden, Erkenntnissen und Verwirklichung. Nie war es mir in den Sinn gekommen, dass ich erst erfahren müsste, das Leben ganzheitlich zu verstehen. Erst über die Jahre, erfährt man Dinge, teils durch Erfahrung, teils durch Austausch, die einem den Blickwinkel verändern. Damals wusste ich, dass unsere Gesellschaft uns bereitwillig mit einem reichlichen Maß an Zerstreuung bedient, bei Bedarf vierundzwanzig Stunden täglich. Das lenkt ab und bietet Unterhaltung. Vor allem schützt es vor dem Gefühl des Alleinseins oder der Einsamkeit. Eine Illusion, wie ich glaube. Jeder von uns ist allein, selbst in einer Gruppe oder der Familie. Wenn wir sterben, sterben wir allein. Tod ist uns allen gewiss. Aber wir sterben nicht im gleichen Moment. Jeder stirbt für sich – alleine. Das erinnert uns daran, das jeder sein Leben auch alleine leben muss. Mein Leben ist schon längst keine Privatsache mehr. Begebenheiten, die ich erlebt habe, könnten auch anderen dienen, wenn ich sie weitererzähle. Darum teile ich mich mit. Es gab vor Jahren einen Aufbruch. Ich zog in das Land meines Vaters aus.

Jetzt fängt das Leben an, so dachte ich, als ich mich von allen verabschiedete und in meinem Auto losfuhr. Hinten im Kofferraum, auf der Rückbank und auf dem Beifahrersitz hatte ich meinen Hausstand untergebracht. Es war Sommer, ich war gut aufgelegt, frei und zu allem bereit. Auf der Autobahn drehte ich das Radio auf, sang zur Musik und „flog" mit dem Auto Richtung Süden. Von Köln ging es über München an sattgrünen Feldern vorbei nach Österreich und weiter über die Alpen nach Chieti. Es dämmerte schon, als ich die Serpentinen nach Chieti hochrollte. Großartig war der Ausblick auf das Meer von Pescara und Francavilla. Immer aufgeregter wurde ich, je näher ich der Innenstadt von Chieti kam. Alle Hotels in Chieti waren ausgebucht und auch die Pensionen hatten kein Zimmer mehr frei. Also ging ich nach mehrstündiger Suche wieder zum Auto zurück und fuhr auf einen Campingplatz. Da fand ich mich noch am selben Abend barfüßig am Meer stehend wieder, als Tourist, wie die anderen, die am Strand feierten. Ich packte meine Sachen aus dem Auto in das Zelt und ging staunend durch die Stadt. Es war schon um Mitternacht und die Temperatur zeigte immer noch über 20 Grad an. Die Schaufenster waren hell erleuchtet und die italienische Luft roch nach Abgasen, Meer, Pizza und allerlei unbekannten Düften. Auch die Anzahl der vielen kleinen Straßencafés war mir neu. Weit nach Mitternacht überwältigte mich die Müdigkeit. Am nächsten Morgen gleich nach dem Frühstück, schaute ich mir die Uni und deren medizinische Fakultät an. Dort wollte ich studieren, jeden Tag in der Woche, acht lernintensive, konzentrierte Stunden am Tag. Nach einiger Zeit hatte ich die bürokratischen Hürden genommen und befand mich im Besitz eines Studienausweises, der mir meine studentische Legitimation schenkte. Schon am ersten Tag fürchtete ich in einer Flut von Studenten, Seminarräumen und Stundenplänen zu ertrinken. Aber ich schaffte es irgendwie.

So flossen die Monate dahin, im Wechsel der freundlichen Jahreszeiten, bis ich meine erste Prüfung mit minimalen italienischen Sprachkenntnissen bestand. Auf dem Land hatte ich ein Zimmer in einer WG gefunden und lernte dort neben der Chemie auch noch italienische Grammatik. In der WG, gemeinsam mit einem Griechen lebte ich, an der Uni lief es nur schleppend an. Dieser Grieche namens Nicos war für seine philosophischen Lebensbetrachtungen im ganzen Ort bekannt. „Du bist der geborene Aristokrat", hatte Nicos einmal zu mir gesagt. Innerlich ja: zurückhaltend, leise und von einem gewissen Auftreten. Für gewagte Kunststücke hatte ich nie etwas übrig. Es machte mir Spaß in meinem neuen Zuhause eine Zuflucht zu beziehen. Hier fand ich eine Herausforderung und auch Zufriedenheit.

Bevor mein erstes Studienjahr vorüber war, fuhr ich nach Köln zurück und feierte mit Freunden meinen Studienaufenthalt in Italien. Das Auslandsstudium genoss ich wie eine Trophäe. Alles lief glatt. Auch die italienische Sprache wurde mir vertrauter. Allerdings war da noch einiges zu lernen. Erst im dritten Studienjahr fiel ein Schatten auf mein Leben. Wir Deutschen lebten wie in einem Ghetto zusammen. Es kam zu keiner wirklichen Anpassung an die italienische Kultur. Wir lebten, wie auf einer Insel mit fünfzehn Gestrandeten. Meine deutschen Studienfreunde sahen das anders, aber mir fiel diese besondere Situation immer wieder auf. Dadurch, dass wir untereinander deutsch sprachen, kam es zumindest bei mir, zu keiner wirklichen Sprachverbesserung. Ich konnte immer öfter die menschlichen Schicksale vieler Gastarbeiter nachempfinden. Zunehmend fühlte ich mich den Italienern emotional nahe.

Eines Abends, es war Anfang Dezember, lag ich im Bett und lauschte dem Wind, der durch die alten Fenster pfiff. Ich konnte sowieso nicht schlafen, also stand ich auf, zog mir meine Hose wieder an und spazierte in die kalte Nacht hinaus. Es war kurz nach drei Uhr und ich schlenderte ziellos durch das Dorf. Entweder schaute ich in den Sternenhimmel oder lauschte den kläffenden Hunden. Ich hatte Hunger bekommen und setzte mich mit einer Flasche Rotwein, etwas Käse und Brot draußen unter den Feigenbaum, direkt vor unser Landhaus. So saß ich mit einer dicken Jacke und einem Kissen als Unterlage draußen und schaute versunken in das Glas, bis ich in der Ferne zwei Autolichter näher kommen sah. Es war Nicos, den ich an seinem Auto erkannte. Er kam auf mich zu und schaute mich an. Seine Frage nach meinem Befinden wirkte ehrlich. Ich schaute in sein freundliches Gesicht. Es war ein Ausdruck von Sympathie und Heiterkeit. Seine Augen waren schwarz wie die Nacht. Manchmal hatte man das Gefühl, da sind nur Augen. Solche Augen hatte ich bei keinem anderen gesehen. Es ging keine Bedrohung von diesen Augen aus, nur stachen sie sehr aus diesem Gesicht. Ich weiß nicht, wie lange wir da so saßen. Vielleicht nur Sekunden, vielleicht Minuten oder viel länger? Mir wurde kalt und so murmelte ich fröstelnd: „Buona Notte". In meinem Zimmer schaute ich kurz aus dem Fenster und sah ihn immer noch unter dem Baum sitzen. Er war mit einem kurzen Hemd bekleidet. Ich öffnete das Fenster und bot ihm eine Jacke an. Er lehnte die Jacke ab.

„Nein", sagte er. „Kann ich etwas für dich tun?"

„Entschuldige, aber ich dachte, dir wäre kalt."

„Du bist entschuldigt", lachte er.

Der Grieche hatte so seine Art. Außerdem fühlte ich mich in der italienischen Sprache nicht wirklich zu Hause. Dann warf er noch etwas auf Griechisch hinterher. Fragend starrte ich zu ihm hinunter. Plötzlich klopfte es an die Türe und ich vernahm seine Stimme.

„Höre", sagte er und drückte mir ein Wörterbuch in die Hand. „Nimm dir Seite für Seite vor. Ich schenke dir dieses Buch, damit habe ich auch Italienisch gelernt."

Da waren sie wieder, diese Augen. In meinem Gesicht löste sich ein Grinsen. Der freundliche Grieche hatte einen Unterton in seiner Wortwahl. Er versuchte sich seiner Umgebung dauernd mitzuteilen.

„Ich nehme dein Wörterbuch gerne an", sagte ich mit einem aufrichtigen Lächeln. Er klopfte mir auf die Schultern und ging in sein Zimmer. Ich folgte ihm. Dann stellte ich ihm eine Frage:

„Wieso bist du eigentlich so, nun ja, eben so philosophisch, Mr. Marakis? Der Name tut nichts zur Sache. Meiner nicht, und deiner auch nicht. Das Einzige worauf es ankommt, ist das, was hinter dem Namen liegt und den Fragen."

„Hinter den Fragen?", lachte ich. „Wie wäre es zum Beispiel mit dieser: Warum studierst du schon seit zwei Jahrzehnten?"

„Ich bin kein Überflieger,", sagte er mit einem breiten Grinsen, „außerdem liebe ich das italienische Leben. Mach dir keine falschen Hoffnungen, mir daraus einen Strick drehen zu können. Das hat auch nichts mit Zauberei zu tun. In meinem Fall musste ich mich nur dazu entscheiden! Ich bin ein stolzer Grieche. Morgen wird Axel bei uns einziehen, wie stellst du dir unsere Wohngemeinschaft denn so vor, was wünschst du dir? Ich bin euch bei der Suche ein wenig behilflich gewesen", sagte er und deutete auf sein Haus.

„Tut das etwas zur Sache?", meinte ich. „Du hast dir doch erst einmal selbst geholfen, weil die Miete jetzt durch drei Personen geteilt wird!"

„Woher weißt du denn so genau, dass ich Untermieter brauche?"

Jetzt fiel es mir ein. Er war ein Schauspieler, der ab und an aus einem Film oder Drehbuch rezitierte. Auch jetzt war er wieder in irgendeiner Rolle. Genau in diesem Moment. Er sprach mit einem seltsamen Nachdruck in der Stimme. Er zog die Aufmerksamkeit damit auf sich. Zumindest versuchte er es.

„Bis morgen, Dino."

„Bis morgen."

Dann verabschiedete er sich. Ich weigerte mich entschlossen, ihm diese Aufmerksamkeit zu schenken.

„Schön, noch ein paar Worte mit dir gewechselt zu haben", fügte er hinzu.

Wir mussten beide lachen. An der Türe schaute er sich noch einmal um und sagte: „ Good bye, Dino!"

Durch seinen Akzent wirkte mein Name wie eine englisch-griechische Wortschöpfung. Anscheinend gefiel er ihm.

„Ziemlich untypisch für einen Deutschen, dieser Name", sagte er noch.

Die Neun-Uhr-Vorlesung am nächsten Morgen verschlief ich. Nachmittags trafen wir uns zum Vokabeln-Lernen. Mein Italienisch-Lehrer hatte Freude an seinem Job, das sah man. Axel und ich nahmen die italienische Nachhilfe aus finanziellen Gründen immer gemeinsam wahr. Er hatte auch erst wenige Monate zuvor mit dem Studium der Medizin begonnen.

Gegen Abend war ich wieder zu Hause und fand noch ein Stück Pizza im Kühlschrank. Ich überflog kauend noch ein paar Seiten in meinem italienischen Grammatikbuch, schrieb einen flüchtigen Brief und lehnte mich einfach zurück Es war mittlerweile elf Uhr abends und eigentlich hoffte ich auf Geselligkeit durch Nicos, schließlich wollte ich meine italienischen Sprachübungen fortsetzen. Dann setzte ich mich vor das Fenster und blickte gelangweilt nach draußen. Gegen Mitternacht kam Axel in die Küche. Wir wechselten wenige Worte. Er lud mich auf einen Tee in sein Zimmer ein. Ich setzte mich auf sein Bett und ließ die Schuhe an, für den Fall, dass ein hastiger Rückzug notwendig werden würde. Draußen tröpfelte es. Die Wärme in seinem Zimmer, seine gemütliche Einrichtung, all das war ein freundlicher Gegensatz zu dem dunklen, wolkenverhangenem Himmel. Mein Misstrauen war plötzlich verschwunden. Ich machte es mir auf dem Bett bequem, schüttete noch etwas Tee in das Glas und sagte:

„Mir ist, als wäre ich dir schon einmal begegnet."

„Ja, das ist möglich", antwortete er lapidar.

„Jetzt weiß ich wieder!", rief ich. „Ich hatte schon mehrmals einen Traum, in dem du als zahmes Tier aufgetaucht bist."

Ich schaute gespannt zu ihm herüber, aber sein Gesicht verriet keine Regung.

„Weißt du, ich komme in den Träumen vieler Menschen vor. Also gut, erzähle mir deinen Traum."

Ich fing zu erzählen an und als ich damit fast fertig war, meinte er:

„Ja Dino, das ist ein guter Traum."

Er ging an das Telefon und gestikulierte während des Gesprächs. Danach gingen wir gemeinsam in die Küche und fütterten die Schäferhunde mit Nudeln und Fleisch. Er behandelte sie mit der gleichen Höflichkeit, mit der er mich in sein Zimmer gebeten hatte. Nach der Fütterung wurde es ruhiger in der Küche, die Tiere waren satt und nur noch vereinzelt fuhr ein Auto vorbei. Die Nacht wirkte unnatürlich still. Nicos kam hinzu und bedankte sich für unsere Hilfe. Während ich Eloy streichelte, kam auch der andere Hund zu mir. Axel fragte Nicos ohne Umschweife nach seinem Alter.

„Ich bin sechsundfünfzig."

„Unsinn", sagte Axel. „Du bist vielleicht fünfunddreißig, maximal vierzig. Nach welcher Zeitrechnung hast du dein Alter denn bestimmt?"

„Die Zeit gibt es nicht wirklich", antwortete Nicos ganz ernsthaft. „Ich würde dir gerne meine Vorstellung erklären. Du benötigst einen Lehrer, der dir die Sprache durch das Leben näher bringt."

„Einen italienischen Lehrer habe ich schon!", protestierte Axel.

„Wirklich?" Nicos sah ihn fragend an. „Hast du den richtigen Lehrer? Komm, ich will dir etwas zeigen."

Wir gingen die Straße vor dem Haus etwa fünfzig Meter in Richtung Dorf. Die Gegend war menschenleer, doch unten am Meer zog sich der Glanz der Lichterketten von Francavilla bis nach Pescara.

„Ganz Italien", sagte er, mit einer Handbewegung den Horizont umfassend, „ist eine große Lebensschule. Das Leben hier ist der einzige wirkliche Lehrer. Wenn ihr nicht aufpasst und aufmerksam lebt, werdet ihr um jeden Tag betrogen. Ob ihr nur eine Makrele am Hafen kauft oder eine der Prüfungen an der Uni ablegt. Italien bietet so viele Erfahrungen. Würde jedoch nur die Erfahrung den Menschen Weisheit und Glück schenken, dann müsste jeder Alte ein Weiser sein und glücklich. Aber die Lehren, die wir aus der Erfahrung ziehen können, sind meistens versteckt. Ich kann euch helfen, diese italienische Welt besser zu verstehen und sie zu erfahren. Ihr würdet bei mir weit mehr als nur Sprache lernen. Dein Gefühl sagt dir, dass sich irgendetwas so oder so verhält. Dein Verstand lehnt sich auf. Du hast vieles hier erfahren, aber was hast du wirklich daraus gelernt?"

„Ich weiß nicht recht", sagte ich zu Nicos. „Ich wünsche niemanden als Lehrer, der sich so offensiv anbietet."

Auch Axel fühlte sich nicht sonderlich geschmeichelt. Sein Gesicht sprach Bände.

„Ihr verhaltet euch wie ein Gefäß und lasst Informationen in euch hineinlaufen. Manchmal sind diese Informationen ‚super', oft nur ‚normal'! Ein Wissen zum Tagespreis, nichts anderes als irgendein Sprit für das Auto. Der größte Teil der Menschen verhält sich so. Du füllst dich mit Wissen, wie man einen Tank füllt. Dann fließt das Wissen über von Vorurteilen und Informationen. Nichts als unbrauchbares Wissen. Hör zu, ich erzähle dir eine Geschichte: Ein Professor hörte in Athen von einer stadtbekannten Wahrsagerin und fuhr zu dieser Frau, weil er eine neue Erfahrung machen wollte. Als er dann endlich einen Termin bei ihr erhielt, stellte er sich höflich vor, nannte alle seine akademischen Titel und Auszeichnungen und bat um einen Blick in seine Zukunft.

‚Darf ich ihnen Tee bringen?' fragte die Wahrsagerin.

‚Ja, gern!', antwortete der Professor.

Die Frau schenkte ihm Tee ein, bis der Tee überfloss und über den Tisch auf den Boden tropfte.

‚Genug!', rief der Professor. ‚Sehen sie denn nicht, das die Tasse schon voll ist? Es geht nichts mehr hinein!'

Die Frau schaute ihn eindringlich an und antwortete:

‚Genau wie diese Tasse sind sie. Auch voll von ihrem Wissen und von Vorurteilen. Um neues zu lernen, müssen sie erst ihre Tasse leeren.'"

Irgendwo habe ich diese Geschichte schon einmal gelesen, stellte ich fest.

„Gehört diese Geschichte in Griechenland zu den allgemeinen Volksweisheiten?", fragte ich grinsend.

„Auch ihr beide seid übervoll von dieser Art Wissen. Ihr schleppt viele Informationen über die äußere Welt mit euch herum. Aber über euch selbst wisst ihr wenig."

„Höre ich da etwa den Sokrates aus dir sprechen?", fragte ich.

„Nein, nein, ich will dich nicht mit weiteren Informationen vollstopfen. Ich will dir, viel mehr dein Körper, Wissen zeigen. Also, was du wissen musst, steckt schon in dir. Alle Geheimnisse des Lebens sind in deinen Körperzellen enthalten. Sie sind dort schon immer gewesen. Du hast den Blick nach innen jedoch nicht gelernt. Du kannst nicht aus deinem Körper lesen.

Bisher hast du in Büchern gelesen, deinem Professor und anderen Autoritäten gelauscht, und gehofft, sie mögen Recht haben. Aber wenn du dein ‚Körper-Wissen' kennst, wirst du ein Lehrer unter den Lehrern sein."

Ich gab mir Mühe, nicht spöttisch zu werden. Wollte dieser Grieche behaupten, mein Abi sei nutzlos und meine Professoren unwissend? Axel, der zugehört hatte, schüttelte den Kopf.

„Die Idee mit dem Körperwissen kaufe ich dir nicht ab." Er schüttelte immer noch seinen Kopf. „Du magst dies und das verstehen, aber was hast du erkannt? Sag mal, was soll das heißen?"

„Ich erkläre es dir genau", sagte Nicos zu Axel. „Verstehen, weißt du, ist eindimensional, ein Begreifen mit dem Intellekt. Das Ergebnis ist ein Wissen, wie ihr es habt. Erkennen dagegen ist dreidimensional. Es ist ein Begreifen mit dem ganzen Körper, mit Herz, Kopf und Instinkt zugleich, sozusagen ein Wahrnehmen mit drei Augen. Die Voraussetzung dafür ist eine Erfahrung."

„Gut", sagte Axel. „Aber die Erfahrung baut auf Wissen auf."

„Nicht in meinem Leben", antwortete Nicos. „Erinnere dich doch einmal an deine ersten Fahrstunden mit dem Auto oder Motorrad. Vorher warst du immer Beifahrer oder Sozius. Da hast du vielleicht verstanden, wie das Fahrzeug zu lenken ist. Aber verstanden hast du es erst, als du selber zum ersten Mal lenken durftest. Genau dieses ‚Aha – Erlebnis' ist die beste Beschreibung für das, was ich Erkenntnis nenne."

Es sprach eine Überheblichkeit aus seiner Stimme, obwohl ich den Inhalt seiner Rede interessant fand. Außerdem hatte ich dabei das Gefühl; es ging ihm wieder um eine Rolle, die er spielte. Auf jeden Fall regte diese Unterhaltung zum Reflektieren an.

„Du hast mir immer noch nicht verraten, was ‚Körper – Wissen' für dich persönlich bedeutet", zwinkerte ich ihm zu.

„Schaue mir doch einfach beim nächsten Mal zu, wenn ich einen Hahn zubereite oder Gemüse schneide.

„Mit verbundenen Augen oder aber in der Dunkelheit?", fragte ich provokativ.

„Du bist ganz schön hartnäckig, nicht wahr? Sind alle Dinos so hartnäckig?

„Ja du hast recht, das bin ich. Ohne diesen Willen und Hartnäckigkeit stände ich nicht da, wo ich heute stehe."

„Wo stehst du denn heute? Wo bist du jetzt in diesem Augenblick?"

„In diesem Augenblick bin ich mit einem Griechen in einem fremden Land, mit einer fremden Sprache, in einem schönen Haus."

„Schön und gut", sagte er; „du hast mir immer noch nicht auf meine Frage geantwortet. Wo bist du?"

„Wo soll ich sein?"

„Wo bist du jetzt?"

„Ich bin Mitbewohner in diesem Haus."

„Und wo ist dieses Haus?"

„In Ripa Teatina."

„Wo ist Ripa Teatina?"

„In den Abruzzen."

„Wo sind die Abruzzen?"

„In Italien. Außerdem gehört Italien zu Europa."

„Wo ist Italien?", fuhr er unbeirrt fort.

„Auf einem Erdteil der westlichen Hemisphäre."

„Wo ist dieser Erdteil?"

„Auf der Erde."

„Wo ist die Erde?"

„Im Sonnensystem, drittnächster Planet. Die Sonne ist ein großer Stern, der uns in der unendlichen Galaxie mit Licht beschenkt."

„Wo ist diese Galaxie?"

„Sie ist ein Teil des Universums."

„Und wo", grinste Nicos, „ist das Universum?"

Ich überlegte.

„Nun, da gibt es verschiedene Theorien, wie es entstanden ist."

„Nicht, wie es entstanden ist, sondern wo es ist!", schob er nach.

„Woher soll ich das wissen?"

„Ja, das ist der springende Punkt! Du kannst es nicht wissen und wirst es niemals wissen. Das zu wissen ist unmöglich. Du weißt also nicht wo das Universum ist, und folglich weißt du auch nicht, wo du bist. Tatsache ist, du kannst überhaupt nicht wissen, wo irgendetwas ist. Du kannst auch nicht wissen, wie etwas ist oder wie es entstanden ist."

Nicos schaute einen Moment gedankenverloren aus dem Fenster, dann besann er sich.

„Meine Unwissenheit beruht auf dieser Erkenntnis. Deine Erkenntnis beruht auf Unwissenheit. Ich bin ein spaßiger Narr. Du bist ein ernsthafter Esel."

Nachdenklich stimmende Worte. Wer war dieser Grieche hier? Axel und ich schauten uns an, in seinem Gesicht stand ein Fragezeichen. Dass Nicos sich als spaßigen Narr bezeichnete, nahm viel Sprengstoff aus dem Gespräch. Dieser setzte sich kerzengerade auf seinen Stuhl und schaute gegen die Wand. Plötzlich hielt er ein Wörterbuch hoch.

„Hier, lerne die Vokabeln, nutze das gesammelte Wissen, das du daraus erwirbst. Aber erkenne die Grenzen des Wissens. Wissen allein genügt nicht, wenn das Herz dabei fehlt. Mit Wissen allein kannst du deine Seele nicht nähren und du findest keinen wahren Frieden. Das Leben verlangt mehr von dir als bloße Kenntnisse. Es verlangt Gefühle, starke Gefühle und Energie für die Sache!"

„Das ist bekannt", sagte Axel mehr zu mir, als zu Nicos.

„Du weißt alles, aber du tust es nicht. Dir fehlt Entschlossenheit, Klarheit und Liebe zu allem, was dir begegnet."

„Das ist vollkommener Unsinn", widersprach Axel vehement.

„Vielleicht spürt ihr tatsächlich die Entschlossenheit, die Klarheit und Liebe zu allem, was euch begegnet. Aber ich sage euch, diese Eigenschaften sind isoliert. Es fehlt die Verbindung. Manchmal kommt sie zum Vorschein, aber die meiste Zeit ist nichts davon zu erkennen."

„Hey, ist das ein Kompliment, du Grieche?"

Er boxte Axel in die Rippen, nur so zum Spaß.

„Na, wo sind deine Entschlossenheit und Klarheit?"

Er boxte ihn wieder.

„Lass das gefälligst!", schrie dieser ihn an. „Du gehst mir mit deinem Theater gehörig auf die Nerven!"

„ ... und ein Esel reagiert.".

„Was hast du erwartet?"

„Ich boxe dir in die Rippen und du wirst wütend. Ich beleidige dich und du reagierst mit einem Wutausbruch. Alle deine Gefühle und Reaktionen sind automatisch, vorprogrammiert und vorhersehbar. Meine sind es nicht. Ich lebe spontan. Die meisten Leben sind durch Vergangenheit festgelegt. Du wirst viel Energie brauchen, um neue Wege zu gehen und dich von den alten Sicherheiten zu lösen. Dein Denken solltest du von festen Verhaltensmustern befreien. Das funktioniert nur, indem du deinen Kopf von unnützem Wissen befreist. Öffne dein Herz für die Kräfte wahren Mitgefühls."

Axel und ich waren hilflos. Ich kam mir vor wie eine Kröte, die von einem Stein zum nächsten hüpft: schleimig, schön und quakend. Ein Fressen für die Schlangen, die im Gras lauerten.

„Vielleicht hast du weniger Zeit als du glaubst", sagte er düster. „Welche Ziele verfolgst du eigentlich hier in Italien? Ich möchte das italienische Leben kulturell und sprachlich verstehen."

In den darauffolgenden Tagen sah ich Nicos nur im Vorübergehen. Außerdem zog noch ein anderer Deutscher in unser Haus ein, der mit uns Medizin studierte. Trotz der gemeinsamen Sprache war mir Nicos näher. Er war selbst als Schauspieler einfach offener und herzlicher, weil er die Aufmerksamkeit, um die er geworben hatte, zumeist verdiente.

In den nächsten Wochen entschloss ich mich, niemanden zu frequentieren. So vergingen die Tage, bis uns eines Abends Nicos zum Hähnchen einlud. Kein gewöhnliches Hähnchen, es war ein griechischer Gockel von seiner Schwester. Ein Abend in entspannter Atmosphäre und intensivem Austausch. Wir sprachen von den versteckten Fähigkeiten, die in jedem Menschen ruhen und nur entdeckt werden müssen. Wir waren uns einmal einig. Nach diesem Abend trafen wir uns des Öfteren im Zimmer von Nicos. Der Landwein löste unsere Zungen und ebnete den Weg der italienischen Sprache. Eigentlich passierte nichts Besonderes in diesem Haus; wir erzählten aus unserem Leben und beschrieben diese oder jene Begebenheit. Manchmal war auch meine Freundin dabei, dann redeten wir zu Dritt wild durcheinander. Ich konnte sehen, wie sie diese Abende genoss. Allein, diese alten Steinmauern strahlten eine gewisse Gemütlichkeit aus. Manchmal besuchte uns noch ein Freund von Nicos, so das wir zu Fünft im Zimmer saßen. Dieser war korpulent und ziemlich redselig. Ich sprach mit einer gewissen

Vorsicht, während er schnell redete und sich auch so bewegte. Trotz unserer Verschiedenheit, oder vielleicht gerade deswegen, kam es zu einem intensiven Austausch.

Eines Abends ging ich direkt auf ihn zu und fragte ihn nach seinem Bezug zu Griechenland. „Die gemeinsamen Abende mit dir und Nicos sind mir sehr wertvoll. Wie ist es für dich?"

„Ich bin hier in einer großen Lebensschule", antwortete ich. „Überhaupt wird man aus Nicos nie schlau. Mal ist er lustig, dann wieder introvertiert, manchmal sogar regelrecht kindisch. Wenn er mit seinem Hund spielt, dann hört sich das an, als würde er mit einem Kind sprechen."

Einmal standen wir auf einem wackligen Steg am Meer und beobachteten die Gischt der Wellen. Im nächsten Moment sprang Nicos in das Wasser und riss uns mit. In solchen Momenten konnte ich ihm nicht wirklich böse sein.

Eines Abends beklagte sich jemand über das egoistische Verhalten der deutschen Studenten an der Universität in Chieti. Leise, aber eindringlich sagte Nicos:

„Übernimm du lieber selbst die Verantwortung für dein Leben, statt anderen Menschen oder den Umständen die Schuld zu geben. Mach deine Augen auf und erkenne, dass dein Glück, deine Gesundheit und letztendlich deine Lebenssituation von dir selbst verursacht sind, bewusst oder unbewusst."

„Da bin ich anderer Meinung", protestierte sein Gegenüber. „Was ist zum Beispiel mit schwerstkranken Tumorpatienten?"

„Krankheit kann auch eine Chance sein", antwortete Nicos. „Jeder rührt sich in Wirklichkeit selber seine Suppe an, selbst wenn der Partner sie vorbereitet. Im übrigen haben wir in der Küche noch einen Topf Linsen."

Wir kamen nach ungefähr einer Stunde mit vollem Bauch wieder satt in sein Zimmer zurück. Wenn er Linsen vorbereitete, konnte niemand widerstehen. Als wir dann dort saßen, sprach ihn Nicos wieder an.

„Erst wenn du bereit bist, die volle Verantwortung für dein Leben zu übernehmen, kannst du dich vollständig entfalten. Dann erst wirst du erkennen, was es heißt, inneren Frieden und Zufriedenheit zu finden."

„Vielen Dank für das leckere Essen und die Getränke", sagte unser gemeinsamer Bekannter und verabschiedete sich mit einer angedeuteten Verbeugung. „Wir werden uns jetzt einige Zeit nicht sehen, weil zwei große Prüfungen anstehen. Außerdem habe ich über eine Menge nachzudenken."

Bevor Nicos und ich etwas einwenden konnten, winkte er uns noch einmal zu und begab sich auf den Heimweg. Auch ich zog mich danach mit einem Gähnen in meine Gemächer zurück. Kaum lag ich im Bett, fielen mir bleischwer die Augen zu und ich tauchte in einen Traum. Ich war schnell wie der Wind, aber ein Wind mit Augen und Ohren. Ich sah und hörte alles im weiten Umkreis. Ich flog über die Küste Italiens hinweg, über die Po-Ebene, sah eine alte Frau auf ihrem Reisfeld. In Shanghai wirbelte ich an einem Tuchhändler vorbei, der laut gestikulierend mit seinen Kunden feilschte. Ich war eine frische Prise in den Straßen von Accra und trocknete Geschäftsfrauen den Schweiß von der Stirn.

So trug mich der Wind in alle Länder die ich kannte. Ich brauste über die Weiten Chinas und über die Steppen der Mongolei; ich wehte, warme Luft bringend, über das weite, fruchtbare Indien, flog als warmer Föhnwind durch die Alpentäler Österreichs und suchte als eisiger Sturm die Fjorde Norwegens heim. Auf der Piazza San Marco in Venedig wirbelte ich Staub, Sand und alte Zeitungen auf. In Chicago toste ich als Hurrikan über den See, in Tokio strich ich einer jungen Frau, die gerade auf einer Wiese lag, sanft übers Haar. So erlebte ich alle Gefühle, hörte jeden Schrei der Not und jedes befreite Lachen. Alle Situationen des menschlichen Lebens lagen offen vor mir.

Das alles spürte ich und verstand. Die Welt war voller Gedanken, die schneller herumwirbelten als der Wind, stets auf der Suche nach Ablenkung und Vergnügen, stets auf der Flucht vor Traurigkeit, stets nach Gewinn und Sicherheit strebend, nach dem Glück suchend, nach der Lösung des Rätsels forschend. Alle waren unterwegs, alle auf ständiger Suche. Aber die Menschen liefen immer daran vorbei. Niemand kam auf die Idee, das vor ihm ausgebreitete Glück einfach anzunehmen, indem er einmal alles sein lässt und ankommt. Ohne Gedanken existiert nichts, was beweisen könnte, dass wir fest, dauerhaft, abgetrennt, beständig und definiert sind, ohne Gedanken haben wir keine Bezugspunkte. Schuld war ihr Gedankenfluss, ihre

Vorstellungen von den Dingen. Das wurde mir in diesem Traum bewusst.

Monate später träumte ich noch einmal einen ähnlichen Traum, nur verschwommener. Die abendlichen Begegnungen mit Nicos wurden rarer, teils weil er sich auf seinen Universitätswechsel vorbereitete, teils weil ich mich frisch verliebt hatte und nur noch selten im Haus war. Sie zog mich wie in einem Sog immer stärker zu sich. Iris war ihr Name, sie war deutscher Herkunft. Um es noch genauer zu formulieren, sie kam direkt aus Köln. Auch ich startete ja von Köln aus nach Italien, nur Jahre später.

Aber jetzt ist diese Erinnerung schon viele tausend Tage alt. Es ist ein Sonntag; es ist viel mehr als nur ein Spaziergang. Es tauchen Gesichter, Stimmen, Landschaften während des Gehens auf. Piano delle mele ist der italienische Name für ein Ausflugsziel auf der Maiella, einem Berg, dreiundzwanzig Kilometer von dem Dorf Ripa Teatina entfernt. Dort fand der Sonntag statt, den ich erzähle. Er beschenkte mich mit allen Begebenheiten unserer gemeinsamen Jahre. Parallel dazu tauchen auch Bilder von italienischen Freunden und einzigartigen Landschaften auf.

Ganz ehrlich, ich möchte dieses Werk nicht als Autobiografie verstanden wissen. Der Begriff „Memoiren" trifft eher zu. Memoiren sind anekdotischer als Autobiografien. Der Schriftsteller erzählt statt von einer fiktiven Figur von sich selbst. Deswegen stellt sich ihm auch immer die Frage: Wer bin ich? Diese Frage nagt an ihm, vor allem in Zeiten globalisierter Postmoderne. Eine kühle, zuweilen grotesk-komische Analyse des eigenen Selbst. Doch genug. Alle Erzählungen sind an spontane Erinnerungen geknüpft und damit stehen sie ohne zeitliche Verbindung zueinander.

PIANO DELLE MELE

Ein Schild, das Aussicht vom Berg verspricht: Piano delle Mele. Es war mein Vorschlag, hier anzuhalten. Ein Parkplatz für mindestens fünfzig Wagen, zur Zeit leer; unser Wagen steht als einziger in dem Raster, das auf den Asphalt gemalt ist.

Es ist Mittag. Sonnig. Büsche, Gestrüpp und Bäume um den fast leeren Parkplatz. Keine Aussicht also, aber es gibt einen Pfad der durch das Gestrüpp führt. Wir haben nicht lange beraten und sind nach wenigen hundert Metern Kiesweg auf den Pfad gewechselt, der uns zur großen Aussicht führen wird. Hoffentlich! Ich wollte nochmals zum Wagen zurückgehen. Er wartet; wir haben Zeit. Einen ganzen Sonntag lang. Ich stehe und weiß nicht, was er im Augenblick gerade denkt, ... in Los Angeles ist es jetzt neun Uhr. Mir fällt ein, dass wir, um auf die Aussicht zu gelangen, eigentlich nur dem Pfad zu folgen brauchen. Jeder Schritt ist von einem Rascheln begleitet und manchmal ist er soweit voraus, dass ich das verwaschene Hellblau seiner Hosen nicht mehr sehe. Dann bewege ich mich schneller und lege einen Schritt zu. Trotz kurzem Atem hat es sich gelohnt: Er geht wieder in sichtbarer Nähe voraus. Ab und zu duckt er sich unter den wirren Ästen und ich ducke mich unter denselben, wenn er schon wieder aufrecht geht.

Es ist eine Art von Pfad, nicht immer deutlich, ein verwilderter. Er läuft immer noch voran, wohl weil er schneller geht. Er glaubt, sich hier so wenig auszukennen wie ich. Es ist ein Herbstwald und manchmal versinken wir bis zu den Waden in Blättern. Es macht ihm Freude, das zeigt sein leichter und flinker Gang. Die Adria kann nicht fern sein. Von oben sieht man bei gutem Wetter die Inseln. Hoch oben ein einzelner Falke.

Im Gehen wundere ich mich, ohne sagen zu können, worüber. Ach so, es ist das fehlende Verlangen nach einer Zigarette. Stellenweise riecht es nach Harz. Keine Ahnung, aus welcher Richtung, dennoch ist es ein mir fremder Geruch. Ich habe dafür gebürgt, dass er seinen Wagen wiederfinden wird; schließlich habe ich den Pfad vorgeschlagen. Er scheint mir zu vertrauen. Für Augenblicke sehe ich ihn nicht mehr; eigentlich gibt es viele Pfade die von unserem abgehen, deswegen bin ich stehen geblieben.

Dann höre ich ihn wieder, wir gehen jetzt der Sonne entgegen. Kein Pfad für Gespräche. Wo einmal kein Dickicht ist, sieht man das Gelände ringsum: nicht fremd, obschon ich hier noch nie war. Ich denke an Südtirol, dann wieder an Fehmarn. Im Grunde ist es störend, dass immer Erinnerungen da sind. Wir sind schon eine Stunde in den Bergen und sehen immer noch kein Meer.

Wir haben nichts anderes zu tun; wir haben Zeit! Die Landschaft ähnelt überhaupt nicht der Bretagne, wo ich 1982 zum ersten Mal den Atlantik sah. Die Küstenluft war dort herber. Ist es möglich, dass ich im Moment dieselben Schritte gehe und - dieselben Gedanken trage, nur zehn Jahre älter?

Ich weiß wo wir uns befinden, Piano delle Mele, der italienische Name eines Gebietes, südöstlich der Mailla, 23 km von Ripa Teatina entfernt. Ich kann auch das Datum nennen: zehnter März 1987! Es gibt nicht nur Äste, die in Kopfhöhe über den Pfad ragen, sodass man sich ducken muss; ab und zu liegt auch ein dürrer Ast auf dem Boden, dann hüpft sie darüber. Sie ist sehr schlank, nicht knochig. Ihre Jeans liegt der Haut an - ihr kleines Gesäß in der engen Hose, die sie ohne Gürtel trägt. Sie ist etwas kleiner als ich, und leichter. Ihr Haar reicht bis zu den Schultern. Da auf den Pfad zu achten ist - sofern da überhaupt noch ein Pfad ist -, hält er Ausschau, um den Weg vielleicht erahnen zu können, auf dem sie am besten weitergehen. Sie wollen aus dem Dickicht herauskommen, aber sie müssen sich nur an die Wegmarkierung halten. Oft ist es eine Ermessensfrage, ob man weiterläuft. Er geht voran, als Mann, der sich hier so wenig auskennt wie sie.

Manchmal macht sie einen großen Schritt, um auf einen Stein oder Baumstumpf zu gelangen - ihre schönen Beine. Doch ihr Schritt ist etwas zu groß, sodass ihr Körper nicht ohne Mühe hochkommt. Schon in Südtirol hatte sie diesen großen Schritt. Ob sie die Küste sehen, wird immer fraglicher. Doch sie gehen weiter. Man sieht keinen Vogel am Himmel. Einmal bleibt sie stehen, um ihre Bluse hochzukrempeln; hier ist es heiß, kein Wind. Wenn sie nebeneinander stehen wie jetzt: die sonderbare

Gegenwart zu zweit. Er bemerkt, dass seine beiden Hände nicht wie gewöhnlich in der Hosentasche stecken.

Ihr Gesicht: Er hat es nicht vergessen, glücklicherweise trägt sie keine Sonnenbrille und damit sind ihre wachen Augen zu sehen. Ihre Lippen tagsüber schmal, oft spöttisch.

„Wie kann man einen Knollenblätterpilz von einem kleinen Steinpilz unterscheiden?"

Ihre Frage scheint ehrlich zu sein; offenbar verwundert es sie, wie es ihn verwundert, wenn er, wie jetzt, stumm neben ihr steht. Sie wiederholt die Frage. Er denkt an den Prüfungstermin im Mai.

Zuerst habe ich gemeint, sie sei die übliche Alternative, die bei allen Gelegenheiten ihren grünen Anstrich zur Schau trägt. Sie ist aber viel komplexer, und sitzt mir oft gegenüber ohne Schweigen zu können. Wie gerne würde ich ihr Schweigen hören. Manchmal spuckt sie Essensreste oder andere undefinierbare Dinge aus. Deswegen schämt sie sich keinesfalls. Kann man dieses Verhalten geschmacklos nennen?

Als sie später geht, helfe ich ihr nicht in die graue Lederjacke, wünsche ihr aber der Höflichkeit halber noch einen guten Heimweg. Es war ein erstes Treffen.

Es ist sicher, dass ich hier noch nicht gewesen bin und doch scheint mir diese Straße bekannt; werde ich mich jemals von diesen Fesseln lösen können? Die grünen Mülltonnen, die Sirenen der Krankenwagen, alles schon gesehen und erlebt. Ich habe allerdings noch nie mit einem Griechen ein Haus bewohnt. Es ist ein Landhaus mit marmorner Tischplatte in der Küche, wo man die Füße nur schwerlich drauflegen kann; sie steht zu hoch. Meine braune Bettdecke, der grüne Kunstfaserteppich, zwei moderne Sitzgelegenheiten in schmutzigem Weiß, die fehlende Air Condition im Sommer. Oh Gott, welche Hitzen.

Die beiden Türen zum Balkon sind schwerlich zu öffnen, da sie einen oft überstrichenen Rahmen haben und deswegen über den Boden schleifen; die Scheiben sind nie klar. Nach dem Öffnen dieser Türen steht man gleich vor dem imaginären Balkon mit niedriger Brüstung, man muss aufpassen, wenn man sich weit hinauslehnen möchte; nur in Träumen gelingt ein Fliegen aus eigener Kraft.

„You want to eat Lenticchie?"
Dann höre ich schon die ersten Teller auf dem Marmortisch klappern. Ich antworte nicht, sondern bewege mich gleich in Richtung Küche. Wahrscheinlich habe ich richtig verstanden und tatsächlich sehe ich die aus dem Fremdwörterbuch übersetzten Linsen vor mir.

Ich könnte unter einem beruflichen Vorwand vorbeigehen, sie wohnt nur 150 Meter entfernt. Vielleicht bringt sie mir die Sprache bei. Sobald mir eine Frau gefällt, komme ich mir als Zumutung vor. Man könnte natürlich auch am Hafen spazieren und die Dampfer bewundern, die vor Anker liegen und Ketten mit Bärten aus Tang haben. Am Hafen sitzen oft eng umschlungene Paare auf den Bänken, das hat eine gewisse Stimmung. Ab und zu ein Alter mit Hund. Ein anderer Hund ohne Herr. Die langen, dicken Taue aus Hanf. Eine Bierdose, die im Wind zu rollen beginnt.

Prima Lezione in Biologia
Ich schwänze die Vorlesung, weil ich immer noch kein Italienisch verstehe. Lieber sitze ich unter dem Feigenbaum und bewundere die Landschaft.

Prime Spese
Die Verkäuferin belehrt mich, dass „uva e uova" nicht dasselbe sei und zeigt mir erst die Weintrauben und danach die Eier. Da ich aber nur Weintrauben will, frage ich mit möglichst rollendem „r" nach Trauben und Pasta. Die Verkäuferin ist freundlich und zeigt sich verständnisvoll.

LE PRIME GIORNATE

Jeden Morgen erwache ich viel zu früh, noch bevor der Alltag beginnt. Gegen sieben Uhr ist es einfach noch zu früh, um Italienisch zu reden. Außerdem schläft mein griechischer Mitbewohner noch, und bevor der seine Hundestunde nicht gemacht hat, lohnt es sich für niemanden aufzustehen. Die Hunde haben nämlich des Morgens das Bedürfnis zu pinkeln oder zu scheißen und das Gleiche gilt auch für den Abend. Also eine Hundestunde morgens, eine Hundestunde abends. Wenn man allerdings vor der Hundestunde aufwacht, sollte man auf den Schritt achten. Der Grieche hängt halt an seinen Hunden, das sieht man, er hat ein Bedürfnis nach Liebe, dieser Grieche hier, er lässt sich von Duftmarke zu Duftmarke ziehen und wartet ohne Ungeduld, auch wenn es regnet.

Zum Glück gibt es in Ripa keine roten Ampeln, sonst würde er sich auch daüber ziehen lassen. Oder er würde sich wehren und warten, bis die Ampel Grün zeigt. Manchmal haben wir vor der Haustüre eine echt verschissene Gegend. Einige Bewohner des Ortes haben mehr als nur einen Hund. Eine Gegend voll Bedürfnis nach Liebe. Der Spaten erwischt nicht immer alles, ein Rest bleibt immer. Mittag - Mezzo - Giorno!

Der grüne Kunstfaserteppich erscheint in der Sonne eher blau, nicht grün. Es ist schön hier, mit der Sonne auf dem Teppich. Ohne Sonne werden die Füße schnell kalt, weil ein kühler Wind über die Steine zieht. Es gibt kein Geräusch der Großstadt, auch nicht von Menschen. Alles scheint verlassen. Die Stimmen kehren erst am Abend zurück. Ich lege mich mit den Schuhen auf mein Bett und esse Nüsse aus der hohlen Hand.

OGGI HO PARLATO CON UNA STUDENTESSA DI MEDICINA

Sie fragte mich, ob meine Brustbehaarung echt sei und warum ich denn bei meinem Namen kein Italienisch spreche. Eigentlich wusste ich keine genauen Antworten auf diese Fragen. Ich konnte kein Erlöser sein.

TORRE DELLE MONACHE

Abends fahre ich zu Torre delle Monache, um meinen italienischen Pflichtübungen mit Nicos zu entfliehen. Dort gibt es zwei Schachspieler und deutsche Sprache, herum viel

Grün mit Vogelzwitschern. Fast jeden Abend spiele ich jetzt Schach mit einem Deutschen, später mit einem Italiener. Der Italiener ist kein sehr guter Spieler und trotzdem verliere ich. Kann ich mir Niederlagen leisten? Oder keinen Sieg? - Weil er nichts bewirkt. Auf jeden Fall kommuniziere ich; nachher klafft das Bewusstsein meines häuslichen Versagens.

IL POSTINO

Bevor die Hunde den Postboten ankündigen, höre ich das spezielle Motorengeräusch seines 500er Fiats. Alle, die wir Post zu erwarten haben, sind nur auf diese eine italienische Motorfrequenz eingestimmt, die unser Briefträger fährt. Konditioniert auf dieses einzige Geräusch, welches unseren Postboten verrät, erwarten wir frohe Briefesbotschaft von unserer Liebsten, unseren Eltern oder Geschwistern. Es könnte auch das leise Summen eines Eisschrankes oder das Poltern eines Einzylinders sein, auf das man bereit wäre, sich einzustellen. Der Postbote hupt, damit wir ihn von seiner Last befreien. Wir haben weder einen Briefkasten noch einen Schlitz in der Türe. Nachdem der Bote sich entfernt hat, bin ich um eine Nachricht glücklicher. Danach herrscht wieder eine Stille, als sei ich taub. Ich halte eine Muschel mit echtem Meeresrauschen ans Ohr.

GIANNA NANNINI

Morgen fahre ich auf ein Konzert nach Rom. Keine Ahnung, was mich in Rom erwartet. Ich fahre mit sieben deutschen und einem italienischen Studienkollegen auf ein Konzert von Gianna Nannini.
„Werden wir von einem Italiener namens Nicola begleitet – oder begleiten wir ihn!"

ROMA

Die Stadt entfaltet unverlangt ihren Charme, fast ohne Reserve. Auf der Straße, anonym im Gedränge, empfinde ich mich als einen Seelöwen. Zur Sicherheit habe ich mir meinen italienischen Grund- und Aufbauwortschatz in Taschenformat mit nach Rom genommen. Es könnte ja sein, dass Nicola sich mit mir unterhalten möchte. Jedes Mal, wenn ich darin nachschlage, habe ich das Gefühl, mein Gedächtnis zu blamieren, weil ich das schon einmal gewusst habe. Ich würde mir gerne eine kleine Schreibmaschine oder einen Mini-Computer kaufen, um italienische Sätze zu tippen.

Ich sitze in einer Bar an der Straße und sehe einen Leichenzug vorbeiziehen. Ich erkenne mich im Sarg liegend und beobachte den Trauerzug. Auch weiß ich nicht, worauf ich ruhe: eine Art von Brett, eine Liege? Ich höre, was sie reden. Ihr braucht nicht zu munkeln. Sie munkeln auch gar nicht jetzt wird ihm das Hirn aus dem Ohr laufen, sagen sie. Manche wirken abwesend. Alles was ich im Moment will, ist eine echte und tiefe Trauer.

TRATTORIA

Es gibt sicher Hunderte von Trattorien in Rom, jedoch suche ich eine bestimmte. Im Fernsehen habe ich eine interessante Dame gesehen, die im Trastevere ein Lokal besitzen soll. Wie gern würde ich Bekanntschaft schließen. Noch bin ich auf der Suche.

Es ist kühl, Frühling in Rom, ein klarer blauer Nachmittag mit Wind und ohne Meer! Im Gehen lese ich jede Reklame, obschon ich anderes zu tun hätte.

Alle Straßen haben eines gemeinsam, sie sind ohne sichtbares Ende. Wie konnte ich damals wissen, dass ich mit Rom noch viel mehr zu tun haben werde und diese gleiche Straße Monate später wieder begehe. Wenn auch unter anderem Vorwand, so ist es doch letztlich immer der Kunstzwang, der mich hierhin lockt. Ich habe Miros Gesicht noch heute vor Augen. Ein gelungenes Porträt, dieses Gesicht ...

WER ODER WAS VERLEIHT RANG?

Die Leistung tut es zum Teil. Verleiht einer den Rang sich selbst? Auch der Gescheiterte kann Rang haben. Wodurch? Rang bedeutet noch nicht Ruhm. Die Begegnung mit Leuten von Rang macht Mut auf merkwürdige Weise, sie bedienen sich nicht des Lobes, um Mut zu machen. Sie verleihen Rang durch ihre Gegenwart, ob sie zustimmen oder widersprechen, noch eine Fehde führen sie in der Erwartung von Rang. Solche Erwartung kann natürlich enttäuscht werden. Bei Leuten von Rang besteht die Erwartung von Rang nicht blindlings, aber unabhängig von Erfolg oder Nichterfolg; sie selber setzen die Maßstäbe. Das kennzeichnet sie untrüglicher als ihre Leistung, die der andere in vielen Fällen ja nicht beurteilen kann. Ihr Rang beglänzt ihre Leistung. Sie sind nicht immer freundlich, nur lassen sie sich in ihrer Erwartung nicht irritieren, wenn jemand sich gelegentlich unter seinem Rang verhält.

PIAZZA COLLE DI RIENZO

Hier oben wohnt die Frau T.! Ich weiß gar nicht, in welchem Stockwerk. Vielleicht sollte ich einmal auf die Klingel schauen! War es vor einem Jahr? Ich blicke nicht einmal die Fassade hinauf, sehe bloß, dass hier Begüterte leben. Eine Sommerbeziehung, damals. Ich zeigte ihr mein Haus und dann kam sie nochmals. Nur wenige Lirä kostete das Hauses im Monat. Einmal fiel das Ofenrohr aus der Wand und traf niemanden.

CASA IN CAMPAGNA

Dieses Haus! Nun lebe ich schon seit mehreren Jahren hier. Zuerst wurde es von einem deutschen Mädchen mit grauer Lederjacke bewohnt. Später komme ich dazu. Anfangs war es eine Idylle inmitten traumhafter Landschaft. Darauf folgen abwechselnd Harmonie und Unverständlichkeiten. Bei den Unverständlichkeiten kommt es jedoch niemals zu einer körperlichen Bedrohung des Partners. Sie irrt sich, wenn sie das fürchtet; nicht die kleinste Versuchung dazu. Wenn Tätlichkeit, dann wäre es Tätlichkeit gegen mich selbst: um mich auszudrücken.

Ich meine zu verstehen, zu denken, zu erkennen, das allerdings ohne Rücksicht, im Beginn fast gelassen, ohne Rücksicht auf mich oder irgendwen. Ich schreie nicht, im Beginn jedenfalls nicht; allerdings werde ich dann unansprechbar, auch wenn ich eine Weile lang zuhöre. Die Wahrheit, die ich auszudrücken versuche, die ich in diesem Augenblick erkenne, ist selten ein Freispruch für mich. Es kann von Lappalien ausgehen; geradezu lächerlich, eine solche Lappalie überhaupt zu erwähnen. Ich sehe sie als Zeichen, daher nicht als Lappalie. Als Zeichen, so eindeutig für mich, dass ich jede andere Auslegung kaum ertrage, eine harmlose schon gar nicht. Keine Vorwürfe, nein, ich rede nur von Erkenntnissen. So kommt es mir vor.

Im Augenblick ohne jede Angst vor der Konsequenz, die ich sehe. Meine Rede hat etwas Hinrichtendes; nicht aus Hass. Was soll der Partner? Er soll verstehen, was ich nicht auszudrücken vermag. Er soll einverstanden sein. Ich ertrage mich nicht. Wie ich es in diesem Augenblick sehe, so ist es eben, wirklich, so und nicht anders, und ich fühle mich bereit. Wozu? Dann wiederhole ich mich, ich weiß.

Kein Zurück in die Vernunft; die Vernünftigkeit verletzt mich, sie erniedrigt mich, sie entfesselt auch noch den Zorn. Dabei habe ich so gelassen begonnen. Was ich gemeint habe, ist kein Vorwurf, es ist wichtiger: meine Wahrheit.

‚Ich bitte', offenbar tönt das ganz anders; ich flehe. Dabei ist alles, was ich jetzt sage, nur noch verletzend, es fällt mir anders nicht ein. In diesem Augenblick möchte ich sterben dafür, dass ich mich ein einziges Mal verständlich machen könnte, ohne Forderung. Nachher bedauere ich meinen Zorn, nie hat er Unverständlichkeiten beseitigt, ich habe mich auch noch zu entschuldigen.

CANTINA DI JOZZ

Ein Restaurant, es liegt im alten Stadtteil von Pescara. Der Koch, Kellner und Kassier in Personalunion, ist eine flinke und amüsante Person, der dem ehemals abbruchreifen Laden eine persönliche Note verschafft hat. Oberflächlich betrachtet sieht die Gegend immer noch kriminell aus und wer sie nicht kennt, würde sich wohl selten hierher verirren.

Neuerdings jedoch bekommt man über Mittag kaum noch einen Tisch, dann speisen hier die Tätigen aus der Upper Class. Von diesen Herrn gibt es viele, sie fallen durch ihre kleinen, modischen Lederkoffer auf. Manchmal sind sie auch in Begleitung von Frauen. Man sucht vergeblich nach gestreiften Anzügen, es sind ehrbare Menschen. Einige vielleicht etwas mehr als andere.

Seit ich das „Ristorante" kenne, bin ich schon mit vielen Freunden dort essen gewesen. Es gibt da ein Menü, das für alle Gäste gleich ist. Ein oder zwei Mal in der Woche Fisch. Ein Freund hat es mir gezeigt, es gefiel mir gleich. Es erinnerte mich an einen dieser typischen Weinkeller.

Vor einiger Zeit bin ich zufällig einem Freund begegnet. Ich sah ihn in Pescara, er ging auf der Straße, ein blasser Mann jetzt. Wir haben zusammen das Gymnasium in Leverkusen besucht. Ob er mich ebenfalls erkannt hatte ..., keine Ahnung; er drehte sich nicht um und ich war betroffen, dass ich ihm nicht sofort nachging, sondern einfach stehen blieb. Also sah ich ihn bloß aus der Ferne. Seine schmalen Schultern, die Sommersprossen und diese blasse Hautfarbe waren einfach nicht zu verwechseln. Aber wie kann er es gewesen sein, musste er jetzt nicht in Bonn sein?

Er starrte geradeaus, offensichtlich in Gedanken; jetzt blickte er hinunter auf den Asphalt, als habe er mich ebenfalls erkannt.

Er wusste es und ich wusste es, was er für mich getan hat. Ich rief nicht einmal über die Straße, damit er sich umdrehe. Ich bin immer noch im Zweifel! Was soll C. B. mit einer lebenslänglichen Dankesschuld? Zudem weiß ich, dass ich alles in allem vor diesem Menschen nicht bestehen kann. In der Schule war er mittelmäßig, kein Streber; er war intelligenter als die anderen und nahm alles auf die leichte Schulter und es war ihm eher peinlich, wenn die Lehrer ihn lobten. Um nicht einen Musterschüler abzugeben, konnte er den Lehrern gegenüber ganz ruppig sein. Nach der Schule begleitete ich ihn nach Hause, was für mich kein Umweg war. Durch ihn hörte ich zum ersten Mal von Nietzsche, von Schopenhauer und Marx, als würde er aus diesen Mündern sprechen.

Seine Eltern waren Akademiker bei den Farbenfabriken Bayer und nicht unvermögend. Das schien ihm aber unwichtig, kein Grund für Selbstbewusstsein. Die Vorstellung eines eigenen Krads oder eines Autos, Traum von fast allen Heranwachsenden, hatte bei ihm keine Wirkung gezeigt, alles oberflächliche war ihm zuwider. Er war ein philosophisches Talent. Ich staunte, was sein Hirn alles denken konnte. Auch war er sehr musikalisch. Abendelang spielte er mir Opern, klassische und moderne Musik vor, viele dieser Stücke kannte ich noch nicht einmal dem Namen nach. Kein Mensch sei völlig unmusikalisch, sagte er. Wenn seine Schwester sich zu uns setzte, nahm unsere Unterhaltung gleich eine andere Form an, wurde unpersönlicher. Oft unterhielt ich mich dann längere Zeit mit seiner Schwester, ich glaube, das war das erste, was ihn an mir enttäuschte.

Seine Freundin wollte mit mir auf dem Motorrad fahren und wir fuhren zu Dritt eine spaßige Runde um die Wohnsiedlung. Wir sprachen uns einmal ab, unsere Schwestern auszutauschen. Meine Schwester S. sah er des Öfteren auf dem Lise-Meitner-Gymnasium. Seiner Schwester bin ich mit viel Respekt begegnet. Zum Tausch kam es dann doch nicht, es fehlte an Einsatz. Auch sein Urteil für Bildende Kunst war ungewöhnlich, nicht bloß angelesen. Es entsprang seiner eigenen Sensibilität. Sein Vorsprung in philosophischer Begrifflichkeit war bald zu groß, als dass unsere humanistisch gebildeten Lehrer seine Gesprächspartner hätten werden können. Er sagte kaum noch, was er zur Zeit gerade las, und es mag sein, das wir das eine oder andere, was bei Faust oder Goethe steht, für seine eigenen Funde hielten, ohne dass er es auf solche Täuschung anlegte. Es war einfach unergiebig, Quellen zu nennen, die wir damals nicht mit dem Schriftsteller in Verbindung bringen konnten. Also ermunterte er uns, mit ihm zu wetteifern.

Er selbst spielte ein Instrument, gab das aber auf, weil sein Spiel seinen hohen Ansprüchen nicht genügte, überhaupt machte er es sich schwer. Eine Zeitlang studierte er, bestand die ersten Examen. Ich verstand nicht ganz, warum er die Universität aufgeben musste. Später wurde er Journalist.

Ein ungewöhnlicher Mensch; kein Zweifel, er hatte es schwerer als wir alle. Übrigens war ich ihm körperlich überlegen. Bei sportlichen Aktivitäten stellte er sich gern als Schiedsrichter oder Zeitnehmer vor und verwies mit einem Grinsen auf Zitate von Churchill. Wenn ich ihn besuchte, konnte ich gleich an seinem Stockwerk klingeln, ohne mit seinen Eltern in Kontakt treten zu müssen. C. meldete sich fast nie, es wunderte ihn aber, wenn ich mich wochenlang nicht meldete. Er war ein herzlicher Freund, aber nicht mein einziger damals. Zu C. bin ich jedoch immer alleine gegangen, denn neben C. war jemand anderes kaum denkbar; er hätte vor C. nicht bestanden.

Seine Eltern waren sehr entgegenkommend. Übrigens war es nicht das erste reiche Haus, das ich kennen gelernt habe; es war allerdings besser als andere, die ich später kennen lernte. Alles in allem fühlte ich mich beschenkt. Zum neuen Jahr schlug er vor, die Wiener Oper zu besuchen. Außer mir, begeisterten sich noch drei weitere Schulkameraden für diese Idee.
Nach Wien bin ich mit ihm allerdings dann allein gereist. Sein Onkel war in Nürnberg Opernregisseur. Durch ihn bekamen wir die meist schon früh ausverkauften Karten. Nach sieben Tagen Wien waren wir an Eindrücken reich beschenkt und bereiteten uns auf die Heimreise vor, die mit einem Besuch bei seinem Onkel verbunden war.

Loge: Premiere von "La Traviata". Der Onkel kontrollierte unsere geputzten Schuhe und die Integrität aller Jackenknöpfe. Er schlug mir sogar vor, ein schönes Paar seiner Schuhe anzuprobieren. Zu seinem Missfallen passten meine Füße nicht in seine Schuhe hinein. Ich glaube, er war etwas nervös.

Abends krönte er seinen Erfolg in einem für meinen Geschmack zu modernen Restaurant. Nach dem Essen bestand er auf einer Skatrunde, die sich bis drei Uhr morgens hinzog. Irgendwann stellte ich mit Erschrecken die Auswirkungen meines ungezügelten Bierkonsums fest. Der Onkel war sehr väterlich: Er fragte jede halbe Stunde, ob es noch gehe!

Am nächsten Tag saßen C. und ich ziemlich gerädert im Zug. Ich war schlechter Laune und sprach nichts. Es kam vor, dass ich ihm mit Kritik begegnete. Und was geschah? C. hörte sie sich an, aber meine Kritik erwies sich als gewichtslos, verglichen mit der Kritik, die C. an sich selbst stellte. Von Dünkel keine Spur. Im Gegenteil. Er erkannte sich als einen Geschlagenen. Und ich erkannte, wie sehr er mich schonte. Die Ansprüche, denen kaum ein Mensch genügt, richtete C. einzig und alleine an sich selbst, nicht
an mich. Natürlich hatte C. ein Urteil über Leute, ein strengeres sogar, als andere es aussprachen, ein gründlicheres und daher kompliziertes, aber er gab es nicht preis, weder gegenüber Dritten, noch unter vier Augen. Er wollte einen nicht vernichten. Als ich sein Urteil über unsere gemeinsamen Freunde erfahren wollte, winkte er rigoros ab.

Sein Wahrspruch zur Person blieb sein Geheimnis; gelegentlich trug er nicht leicht daran. Das spürte man. Das Verständnis für mich und meine Person oder auch anderer muss ihm oft eine Pein gewesen sein. Dann schwieg er. Eigentlich konnte ich sein Urteil nur ahnen, und er verließ sich darauf, dass man nur soviel ahnte, als man im Augenblick ertragen konnte. Empfindsam für Anerkennung durch ihn, der ein gründlicheres und wacheres Urteil hatte, als meine nächste Umgebung, war ich natürlich sofort aufmerksam, wenn C. mich plötzlich lobte. Zum Beispiel für die Geschicklichkeit bei der Zubereitung einer Speise, bei einer handwerklichen Tätigkeit oder bei anderen Aktionen. Das war ein ganz und gar ehrliches Lob, denn unehrlich loben konnte C. nicht.

Mit ihm gab es nie Langeweile und tagelang konnte man mit ihm sprechen. Er rauchte dabei mehrere Packungen HB und ich drehte den Tabak mit der Hand zur Zigarette. Er erlebte sehr viel, keine Abenteuer äußerlicher Art, er erlebte sich selbst in einer Weise, dass auch Vorkommnisse, die bei anderen ein triviales Missgeschick bleiben, in seinem Fall ein exemplarisches Gewicht bekamen, sei es das Bersten einer Wasserleitung oder sein verspätetes Eintreffen zu einer geladenen Gesellschaft. Er verglich sich nicht mit Hölderlin, nicht mit Lenz und auch nicht mit Kleist, aber C. wusste sich ihnen näher als unsereins: eine tragische Existenz. Ich habe mich nie wieder bei ihm gemeldet. Hätte er sich weniger unterworfen, es wäre ergiebiger gewesen, auch für mich.

Ripa Teatina, nun hat es uns wieder. Wir kommen gerade aus Sulmona. Dort habe ich vorzügliche Schmetterlingsnudeln gegessen. Grün waren sie und auch gar nicht teuer. Sie beschreibt mir den großen Wert eines guten Kellners; ich überlege, ob ich auch einen glaubwürdigen Kellner abgeben könnte. Es wird Nachmittag, und es ist schade, dass man jetzt nicht am Meer ist; es ist Sonntag. Vor dem Ristorante binde ich mir noch einmal die Schuhe. Beim Bücken machen sich die grünen Nudeln bemerkbar. Sie wartet schlendernd. Wer die beiden sähe, würde nicht ohne weiteres wissen, was von ihnen zu halten ist: Bruder und Schwester oder ein Paar? Sie küssen sich nicht. Eine Weile lang, als sie auf einen breiteren Weg gelangt sind, gehen sie ohne einander zu berühren. Aber dieser Weg führt sie in eine falsche Richtung und sie verlassen ihn wieder. Offenbar führt der Weg aus der Stadt heraus, man sieht ein grasendes Pferd. Man hört auch Vögel; kein Vogellied, eher ein gekrächzter Alarm. Niemand vermutet, wo sie sich zu dieser Stunde befinden. Sie sind unerreichbar. Das haben sie gemeinsam. Ab und zu sagen sie etwas: Schau dir diese Berge an - wie um sich zu versichern, dass sie hier sind und nicht anderswo. Wahrscheinlich sucht sie auch niemand an diesem Tag. Sie haben Glück mit dem Wetter, es sah nach Regen aus.

Sie winkt mich in eine Bar; bleibt stehen, bestellt zwei Cappuccino und sie warten. Unterdessen hat sie einen Spiegel gefunden und macht ihr Haar zurecht. Mit genau den gleichen Handbewegungen macht sie es auch im Rückspiegel vom Mercedes. Sie gehen einen anderen Weg zurück, um den Parkplatz schneller wiederzufinden.

Seitdem ich einmal, in einer mir gänzlich unbekannten Stadt, meinen Wagen nicht mehr wiederfinden konnte, seit diesem Zeitpunkt beunruhigen mich die letzten fünf Minuten Rückweg zum Parkplatz. Er könnte natürlich auch gestohlen sein, schließlich sind wir hier in „bella Italia". Wir wissen nämlich, wie sie sind, diese Diebe. Und selbst die Italiener trauen ihren eigenen Landsmännern nicht. Dem Gerücht nach, sollen italienische Frauen weniger diebisch sein. Es sind auch eher Männer, die diese kleinen quadratischen Dinger durch die Gegend tragen. Sie sind ein emsiges Volk. Bei näherem Hinsehen erkenne ich diese kleinen quadratischen Dinger als Autoradios wieder. In meiner Geburtsstadt habe ich nie jemanden mit seiner Stereoanlage spazieren gehen sehen. Meine Anlage ist fest im Wagen installiert, ich könnte sie gar nicht spazieren tragen. Noch staune ich über diese Unterschiede.

Der weiße Benz steht an seinem Ort. Sie hat den Schlüssel, Iris fährt. Während der Fahrt sehe ich ihre Haut: die blasse Haut einer Studentin, ohne Sommersprossen. Es tönt blechern aus dem Autoradio, ein Becker Modell.

Vorige Woche waren wir hingegen am Meer. Der Strand war sandig und feinkörnig, die Brandung mäßig. Sie toste nicht, sie schwappte zwischen den Felsaufwürfen auf den Strand, verkräuselte und hinterließ Blasen von Schaum. Im Sommer kann man hier die ersten zwanzig Meter bis zu den Knien in das Wasser steigen.

Ich mache sie auf die hässlichen Fassaden der Häuser aufmerksam, die direkt hinter dem Strand beginnen. Francavilla ist im Winter eine Geisterstadt, es gibt dann auch ab und an Nebel.

1984 habe ich eine Iris gekannt. In diesem Jahr gab es eine Veränderung. Ich bin aus dem regnerischen Köln in die südlichen Breiten gereist. Niemand wusste, was geschehen würde. Die Zeitungen tun nur so, als wüssten sie es von Tag zu Tag. Wenn ich sage ,niemand', dann meine ich es auch so. Die Reise dauerte zehn Tage und die gefahrenen Kilometer waren am Ende 1500 und ein paar mehr. Im Schnitt bin ich jeden Tag hundertfünfzig Kilometer gefahren.

Ist es möglich, bei den heutigen Geschwindigkeiten so langsam zu fahren? Man wird ja von allen überholt. Das Öl der Scheiche wird in Deutschland billiger verkauft und tatsächlich, die Italiener rasen weniger. Staatsmänner überfliegen mich und sitzen winkend an den Fenstern; die Schweizer Garde salutiert im Stechschritt vor jedem Tunnel und überhaupt gibt es nicht einen Empfang, der gebührender ausfallen könnte.

Dabei habe ich meine Ankunft niemandem mitgeteilt. Ich bin noch im Unklaren, in welche Universitätsstadt ich fahren werde. Vielleicht finde ich während der Fahrt zu einer Entscheidung. Auf der Autobahn fahre ich so manchen ermüdenden Kilometer und es geschieht nichts, was nicht schon geschehen ist.

Als Iris einmal die Frage stellte, wie ich gefahren bin, konnte ich nur Ländernamen angeben. Alle Städte hatte ich vergessen! Ich wollte Student werden, aber nicht deswegen bin ich in das ferne Land ausgezogen, nein, Student hätte ich auch in Deutschland werden können, wenn auch eine andere Art von Student.

Ich habe ihre Stimme im Ohr obwohl sie nicht anwesend ist. Ihre Stimme ist mir gegenwärtiger als ihr Gesicht, wenn ich es nicht sehe. Sie lacht etwas schriller als sonst und wirkt deswegen aufgekratzt. Ihr weniger freundlich Gesinnte beschreiben sie als hy...!

Es lohnt, mit Swiss Air zu fliegen, sei es auch nur Business-Class. Der Traum vom Fliegen ist nun Wirklichkeit und gleich in so einer bequemen Weise. Dieser Flug war vor meiner Einreise nach Italien. Im Flugzeug bekommt man schnell Kontakt. In der zweiten Klasse stehen die Sitze glücklicherweise etwas enger beieinander. Diese Flugreise hatte ich mit einem ehrlichen Menschen angetreten. Ein ehrlicher Mensch ist einer, der etwas verlegen wird, wenn man ihm sagt, er sei ein ehrlicher Mensch. Das Flugzeug ist voll von Farbigen. Wenn man zu einem Ghanaer sagt: You are a Socialist, verliert man dessen Achtung keinesfalls, im Gegenteil, er ist überzeugt, dass man eine Art von Star ist, der sich das leisten kann.

Vom Flugzeug aus: Es ist nicht glaubhaft, dass man auf dieser weiten Erde mit so vielen Siedlungen und Städten irgendwo vermisst wird. Das erzeugt eine leichte Euphorie. Steht man mit dieser Einsicht in dieser oder jener Stadt, macht das hundstraurig. Trotz Zuwachs an Wissen, geht das Unwissen mit steigendem Lebensalter gegen unendlich.

Freude beim Anblick des Flughafens in Accra. Mir kommen hier die ersten afrikanischen Worte zu Ohr. Später stellt sich heraus, dass es die beiden wichtigsten Worte auf dem afrikanischen Kontinent sind. Die Worte sind: Ohhbrunnie - weißer Mann, Ohhbibinnie - schwarzer Mann. Auch gab es da noch eine geringfügige Differenzierung für den ganz schwarzen Mann: Ohhbibinnie Tum Tum. Es scheint, dass die Tum-Tum-Menschen am schwersten an ihrem Schicksal tragen und der schwarzen Medizin glauben. Als Ohhbrunnie wird man bevorzugt behandelt, auch ohne eigene Leistung.

Auffallend ist dieses bunte Treiben an der Zollabfertigung. Alle lachen ein heiteres, ein schamloses und immer unbeschwertes Lachen. Diese Beobachtung wird in meinem weißen Kopf niemals Verständnis finden. Sie können Lachen, wie es nur Kinder können.

CONTRADA FEUDO 60

Das erste Mal, als ich zu ihr ging, hatte ich mich als Nachhilfeschüler getarnt. Es gab dann italienischen Sprachunterricht. Leider nur von der Mitbewohnerin. Einer gewissen A. L. mit weichen Gesichtszügen und derbem Verhalten. So manche Verhaltensweise von ihr ließ darauf schließen, dass sie auch gegen eine Geburt als Mann nichts gehabt hätte. Ein Stockwerk höher gab es schon Nachhilfeunterricht in Biologie.

Am späten Abend tranken wir alle noch ein Glas Wein zusammen. Zwei Tage später schlich ich mich noch einmal zu ihrem Haus und beobachtete sie vom Fenster aus beim Kochen. Sie war eine schnelle aber umständliche Köchin. Sie winkte und lud mich ein. Ich bot mich an, ihr zu helfen. Es war Dienstag, früh am Abend und noch hell, ich stand wieder, während sie etwas in der Pfanne brutzelte. Ich hatte ihr Zimmer schon gesehen, Iris hatte nicht viele Bücher, was mich erleichterte. Gespräche über Literatur, die meistens darin bestanden, dass man Kenntnisse demonstrierte und Urteile verschleuderte. Danach hatte ich kein Bedürfnis; schon seit langem nicht mehr. Sie hatte eine Flasche Wein im Haus, die ich, der männliche Gast, entkorken konnte. Eine Tätigkeit, ich war froh darum.

Ob ich hungrig sei? Ihr Haar störte sie beim Probieren aus dem Topf. Sie war etwas aufgedreht, obschon er eigentlich nicht zuschaute. Es war noch Zeit für eine Zigarette. So setzte er sich denn wieder auf den Holzstuhl. Es wäre dringlich jetzt, irgendetwas zu sprechen. Warum redete Iris nicht? Im Stillen, während er die Zigarette inhalierte, entschloss er sich, nach dem Essen nicht lange zu bleiben und sie keinesfalls zu küssen. Er zog an der Zigarette, so gelassen wie möglich, so umständlich wie möglich. Sie spülte sich ihre Hände und war eine halbe Armlänge von ihm entfernt. Es stand den Händen nicht zu, ihre Taille zu fassen. Es wurde auch gar nicht spät. Früh war er wieder in seinem Haus. Geküsst hat er sie erst Monate später. Damals trug sie noch einen handgestrickten Pullover.

Erinnerungen: Als ich zum ersten Mal eine Frau ..., sagen wir genauer, ein Mädchen, geküsst habe, war ich sprachlos. Ich erwartete einen Himmel und Donnerschlag, aber nichts dergleichen geschah. Es kam mir vor, als hätte ich seit meinem erstem Atemzug nichts anderes unternommmen. Irgendwie hatte ich mehr erwartet, von Bewusstlosigkeit keine Spur. Geküsst wurde trotzdem in Mengen, davon gab es wenigstens kein schlechtes Gewissen. Auch waren wir in unbeobachteten Momenten in der Lage, allerlei akrobatische Übungen an den Tag zu legen. Als wohlerzogene Kinder mit dem entsprechenden Schamgefühl fanden wir jedoch immer eine natürliche Bremse! Einmal hatten wir auf einer Neujahrsfeier zu viel Bier getrunken und sind etwas angeheitert in einen Schlafsack gestiegen. War ich in diesem Moment ein Edelmann oder hatte ich nur Angst vor der eigenen Courage?

Manchmal sehen wir uns noch; sie ist jetzt verheiratet. Ich habe das Gefühl, dass sie sich an diese zarten Bande nicht mehr erinnert.

BESUCH IN SAN SALVO

Es ist anfangs ganz klar ihre Freundin. Ich fahre den Wagen. Landstraße sind es fast 50 Minuten bis San Salvo. Wir werden von A. L.s Eltern zum Essen erwartet. Es sind wirklich sympathische Bauersleut. Die Mutter kann einfache, besonders schmackhafte Speisen zubereiten. Nach dem Essen gibt es obligatorischen Nuss-Schnaps. Nur A. L. trinkt Medizin, sie hat es eben nötig. Iris und ich haben Probleme aufzustehen. Der Bauch hat jetzt eine sichtlich runde Form angenommen. Wenn der Po ein wenig höher liegen würde, dann sähe es aus, als hätte ich einen Fußball oder so etwas ähnliches verschluckt. Vielleicht hätten auch wir etwas Medizin trinken sollen. Gewiss hat A. L. schon mehr Erfahrung im Umgang mit diversen Tricks der Verdauungsanregung. Abends soll es die gleichen Portionen noch einmal geben.

Vor einigen Jahren sah ich im Fernsehen eine Sendung der Serie „Die kleinen Strolche", in der ein afrikanisches Mädchen zu viele Wassermelonen gegessen hatte und dabei einen scheinbaren Schwebezustand erlebte. Mir geht es nun ähnlich. Wir müssen uns jetzt ein wenig bewegen und deswegen fahren wir alle drei nach Vasto, um zu spazieren. Es ist eine Touristenstadt mit kleinem Hafen, Masten, Häusern und Einwohnern. Hinter der Stadt ein flaches Gelände mit Baracken, zum Teil verrottete Motorboote an Bojen, andere zur Reparatur auf dem Gelände. Ein Parkplatz, Tankstelle mit einem Haufen alter Pneus, Gelände mit Abfall aller Art und Pfützen. Gar nicht touristisch. Ein Schild mit der Aufschrift: Affittasi; andere bekannte Schilder: Pizza, Hot Dogs, BP, Shell, Villa Rosa, Piazza Vittorio Emmanuele ...!

Es ist genau fünfzehn Uhr, vielleicht möchte die junge Frau, die Iris heißt, jetzt lieber anderswo sein. Es fällt der Name Kumasi, ein afrikanischer Name. Hier gibt es nichts afrikanisches, außer die mit afrikanischen Hölzern vertäfelten Villen. Die Villen sind weiß, mit Rasen und einer Art Zedern in der Nähe des Zaunes. Alles gepflegt, mehrmals Schilder: Affittasi. Alle sind wohlhabend in diesem Bezirk, alle haben Pflanzen, Wohlstand als Natur. Sogar der blaue Himmel erscheint wie gepflegt. Da und dort steht ein glänzender Lancia. Es regnet selten. Ein Rasensprenger gegen die grüne Langeweile. Was sollen sie hier? Es ist einerlei, ob man in dieser oder in der anderen Richtung geht: Rasen und eine Art Zedern, die weißen Villen. Irgendwo ein Schild: Centro Storico, offenbar eine Abwechslung. So friedlich, alles blank und sauber wie bei einer Reklame. Die Italiener halten gerade Siesta. Siesta heißt: Verdauungsschläfchen, zumindest Ruhen. Man hört Vögel. Plötzlich ist es so öde, dass man sich über nichts unterhalten kann. Man sucht Schilder: Chiesa, Ristorante, Bar, Antiquariato, Moda, Gelati.

Es wäre die Rettung, wenn man irgendetwas brauchen würde. Die Frauen finden tatsächlich einen Stand, an dem Gürtel und anderer Krimskrams verkauft wird. Frauen sind da einfach entschiedener. Sie hat keine Lire dabei. Wie immer, wenn eine Frau sich Sachen ansieht, die sie um keinen Preis kaufen wird, langweilt er sich sofort. Er hätte eher Durst. Das Mädchen, das den Stand führt oder zumindest bedient, hat sich nicht einmal aus ihrer Hocke erhoben. Sie hockt etwas abseits und beobachtet unsere Handbewegungen über ihrem Stand. Er wundert sich, dass er nicht nervös wird. A. L. redet ein merkwürdiges und provokantes Italienisch daher, auch wenn es nicht gegen ihn gerichtet ist. Irgendwas denkt das Hirn immer, oft dasselbe, so dass es ihn nicht interessiert, was es denkt. Als auch er jetzt einen Gürtel mit schwerer bronzener Schnalle herausgreift und ihn mustert, meint A. L. nur: costa troppo. Auch das stört die hockende Verkäuferin nicht, die da so gelangweilt, fast schon apathisch hockt, als wäre dieser Stand mittellos und gar nicht ihrer. Sie gehen dann doch weiter. Im Vorbeigehen wirft er der Hockenden einen Gruß zu, sie antwortet leise. Man hört, dass sie keine Italienerin ist.

Er kauft eine Tageszeitung: „Il Messaggiero". Man schimpft mit ihm, weil er eher die linksgerichtete „La Republica" kaufen sollte. Es ist schon eine Bürde, mit solcher Ignoranz gestraft zu sein. Die Zeitung liest er mit Wohlbehagen. Ab und an werfen die Mädchen auch einen Blick hinein und ihm scheint, als fühlten sie sich bestätigt.

Es ist Zeit für die Rückfahrt; A. L. treibt zur Eile an. Sie hat Recht, die Mutter wartet schon mit dem Abendessen. Es dauert nicht lange bis zu ihrem Haus und glücklicherweise ist doch noch etwas Zeit bis zum Essen. Die Frauen stehen in der Küche, lachend. Ich gehe in ein unmöbliertes Zimmer und mache Yoga. Jetzt brauche ich nur Ruhe und zwanzig Minuten Zeit. Es ist nötig, einen Moment alleine zu sein. Nachdem ich den Kopf gegen den kalten Marmorboden stemme, ziehe ich es doch vor, ein Kissen als Unterlage zu benutzen, um Kopfstand zu machen. Während er da so falsch herum steht und gleichmäßig atmet, die Hände locker und reglos, beobachtet er nichts anderes um sich herum. Er atmet, nichts weiter. Er atmet leicht und dann, so scheint es, immer langsamer, regelmäßiger, übrigens hat er auf seine Uhr geschaut: wegen der zwanzig Minuten. Einmal verstellt sich sein rechtes Bein, er scheint sein Gleichgewicht zu verlieren; ein Blick auf die Uhr beweist: fast zwanzig Minuten, ziemlich genau. Was gibt es wohl nach den Makkaroni?

Vielleicht sollte man vor dem Essen noch schnell eine Zigarette rauchen! Hunger habe ich noch keinen, sicher kommt er beim Essen. In Gesellschaft von Familie A. kann sie lachen, wie es ausgelassener nicht geht. Es steckt an. Unter vier Augen lacht sie, wenn er es nicht erwartet hat. Ihr Lachen klingt ziemlich schrill. Man kann es nicht darauf anlegen, dass sie lacht. Sie kann ihr Lachen auch verweigern. Wenn sie lacht, lacht eine Überraschte. Das verändert ihr Gesicht augenblicklich und meistens hat er dann nicht das Gefühl, besonders witzig gewesen zu sein. Sie meint nicht Witze. Sie lacht nie lange, ihr Gesicht bleibt aber noch eine Weile geöffnet, ihr Blick.
Auf der Heimfahrt schnaufen sie beide. Nach so einem opulenten Mahl fühlt man sich zu schwer; auch das Denken fällt schwerer. Ich rede über A. L., während sie fährt. Wir brauchen keine Straßenkarte, da ich die Strecke kenne!

Das Wochenende war trocken gewesen; jetzt beginnt es zu regnen. Wir entschließen uns doch zur Autobahn, wegen dem Wetter. Das Wetter ist wichtig. Wenn es nicht regnete, könnte man mehr Kurven fahren. Die Wagenbahn scheint für den Regen gebaut.

Jetzt sind wir auf der Autobahn, fortan ist keine Verwirrung mehr möglich, also könnte man jetzt wieder reden, etwas erzählen. Sie schiebt sich eine Zigarette zwischen die Lippen, wobei ich im gleichen Moment das Feuerzeug drücke. Die Fahrbahn ist jetzt trocken; es hat hier kaum geregnet. In den Abruzzen scheint die Sonne fast das ganze Jahr; ab und zu muss es dann einfach regnen. Im schlimmsten Falle regnet es mehrere Tage hindurch. Es ist ein mildes Land, von der Sonne verwöhnt.

Er findet Iris eine gute Fahrerin.

Ob er immer als Beifahrer so artig sei?

Meist, denkt er.

Einmal dreht sie den Kopf, die leere, gerade Straße erlaubt es, und schaut ihn an. Sie glaubt, dass mich die Eltern von A. L. mögen. Ich sollte mir aber beim nächsten Mal mehr Mühe mit dem Vater geben. Kurz danach ein Schild: Lanciano. Im Augenblick ist er sich ziemlich sicher, dass dieser Ausflug in spätestens 25 Minuten beendet sein wird. Er freut sich auf sein Bett. Sein Bett ist handgenagelt und die Matratze hat schon mehrere Studentengenerationen getragen. Iris macht sich wieder einmal ihr Haar zurecht. Wir verringern die Geschwindigkeit, weil ein Uniformierter unser Geld für die Autobahn kassieren will. Es ist eine stumme Übergabe: Zwei Hände kommen sich auf halbem Wege entgegen, ein schneller, ein anonymer Transfer.

Welch undankbarer Beruf: 500, 5000, 50000 ausgestreckte Arme in der Nacht! Beide sind jetzt wieder in ihrem Häuschen. Ein Doppelbett mit Nachttisch und kunstvoll verkleideter Wandlampe. Alles ein wenig staubig. Vor dem Zu-Bett-Gehen putzt man sich die Zähne.

BERGE UND GRÜN

Das erste Mal, dass wir länger als eine Woche zusammen in den Urlaub gefahren sind, war in Südtirol. Blauer Himmel, saftige grüne Apfelbäume, und weiße, frisch riechende Bezüge auf den Betten. Das ist im Sommer gewesen. Dann wimmelt es dort von Leuten, die meisten sind Pensionäre. Nachts ist es da selbst im Hochsommer schön frisch. Tagsüber geht man spazieren, falls es nicht regnet. Bei schlechtem Wetter füllen sich in kürzester Zeit die Cafés und schnell sind dann alle Torten gegessen.

Damals wohnten sie noch nicht zusammen. Damals kannte sie sein Laster noch nicht. Dazu fehlte die Zeit. Es brauchte eine lange Zeit, damit es zum Vorschein kommt ... Ich habe keine Küchenfrau aus ihr gemacht und ich habe die Frau, die ich gern habe, nie geschlagen; ihre Klage war eine andere und sie traf mich wirklich. Ich habe ein Jahr gebraucht, um es einzusehen. Zuerst fand ich es grotesk, ihr Fazit: Dass ich in unserer ganzen gemeinsamen Zeit nichts zu ihrer Selbstverwirklichung beigetragen habe. Sie sprach in aller Ruhe. Ich habe sie auf Händen getragen: die bequemste Art, mit einer Frau umzugehen und gleichzeitig die schlimmste. Das sehe ich ein. Ihr Vorwurf traf mich anders, als sie ihn meinte. Offenbar habe ich mich von Anfang an verhalten, als sei ich Gottvater oder mindestens Adam, das Weib aus seiner Rippe gemacht: Komm, folge mir, ich leite dich! Die Frau war nicht undankbar, sondern verzweifelt. Was ich für unsere schönen Jahre gehalten habe - plötzlich erschienen sie als verlorene. Mein Laster: Chauvinismus. Nur mein Verhalten von Anfang an und von Tag zu Tag hat eine kluge Frau verleiten können zu der Meinung, ihre Selbstverwirklichung sei Sache des Mannes, der Männer. Meinen Fehler wird man hier finden.

Glücklicherweise regnet es nie lange im Süden Tirols. So kommt man schnell wieder auf die Wanderwege. Wir sind schon seit geraumer Zeit auf den Beinen und es geht noch Hunderte von Metern hoch, zur Bergspitze. Ein Ende des Wanderweges ist nicht zu sehen. Er verliert sich hinter einer Kurve und hat auch gleichzeitig dort seinen neuen Anfang. Trotz Wind ist es fast heiß. Kein Mensch weit und breit.

Eine Parkbank, parallel zum Weg, sie benutzen die Bank. Sie sitzen da jetzt, ein Abstand zwischen ihnen, vielleicht etwas weniger als eine Armlänge. Blick hinunter in das helle Tal. Die Socken kleben auf der Haut. Auf dem Weg hier hinauf ihre Frage: Isst du gleich lieber Knödel oder Spätzle? Man ist der gleichen Ansicht, ganz entschieden.

Jetzt ein paar weiße Wolken; sie spielen im Wind. Der Blick in den Himmel ist nicht lange durchzuhalten, das Auge verliert sich in der blauen Leere. Im Moment weht ein erfrischender Wind, ein langer, leichter Nachmittag.

Zum Abend sind wir wieder in unserer Pension. Ich liege auf dem Bett und versuche sie zu überzeugen. Ich ertrage es nicht, dass man mir jedes Mal sofort ins Wort fällt und als ich merke, dass mein Ärger größer wird, gehe ich ins Bad und schnaufe hinter verschlossener Türe. Sie liegt noch auf dem Bett, ihr

Gesicht mit weißer Creme belegt, der Hals liegt frei, noch unbehandelt. Sie hat ihre Brille auf, sie liest. Oder tut sie nur so, als ob ... Das Zimmer ist nicht sonderlich hell. Die Zigarette zieht er im Klo ab - noch vier Tage Urlaub, dann gibt es wieder adriatische Hitzen zu ertragen.

Jetzt geht sie ins Badezimmer. Ihr nackter Körper ist fraulicher als ihr Gesicht. Als ich zum ersten Mal ihren nackten Busen sah, sagte sie: Sie sind klein. Dann zeigte sie auf ihre Füße und bewegte jeden Zeh einzeln. Ja, ich glaube auf ihre Füße ist sie sehr stolz. Ich fasse nach ihr und spüre Verlangen. Sie bemerkt es - non voglio fare l'amore, non adesso, sagt sie. Ein sachlicher Grund. Wie sie zum ersten Mal das Bett aufdeckt, nachdem ich schon wartend darin liege: Erfahrung mit Männern, vermutlich nicht mit vielen. Wenn sie ihre Hose abstreift, die Wäsche: ohne Hast. Sie zeigt, dass sie nicht die Verführte ist. Sie nimmt zu aller Letzt ihre Brille von der Nase, sitzt auf der Bettkante, als sei sie allein, als gehe sie schlafen wie sonst; sie kennt sich als Nackte. Ein Vorhang ist nicht zu ziehen. Das erste Tageslicht darf ruhig ins Zimmer fallen. Der Letzte macht das Licht aus. Ihr Körper ist deutlich zu erkennen, es ist relativ hell, vielleicht Vollmond, ihr Gesicht linear, aber ein anderes Gesicht. Der Duft ihrer Creme liegt in der Luft und sie bemerkt, dass die kühle Nachtluft und die frisch gestärkten Laken schon ihr Geld wert sind. Sie meint damit: Es hat sich gelohnt, dem heißen und staubigen Ripa zu entfliehen. Sie sagt es, während die Körper aufeinander warten. Jedes erste Mal mit einer Frau ist wieder das erste Mal, die Verwunderung ohne Erinnerung.

Nachher bleibt sie nackt. Ich stehe auf und esse einen Apfel. Hier in Südtirol schlafen wir lange, nehmen ein ausgiebiges Frühstück zu uns und gehen viel spazieren. Es wird weder gespült, noch werden Betten gemacht; hier geht es um reine Erholung.

Ein langer leichter Abend. Ihre Schuhe hinterlassen keine Spuren. Iris läuft immer noch und entfernt sich. Im Augenblick ist ihre Gestalt kaum zu erkennen, da und dort, wo sie jetzt läuft, die schneebedeckten Bergspitzen in der Sonne glitzernd, es blendet. Sie läuft herwärts, glaubt man. Später wird sie deutlich: Sie läuft in Bögen, wie Slalom, vermutlich läuft sie um einzelne, imaginäre Baumstämme; einmal schwingt sie ihre Arme dazu. Aus Lust.

Ab und an gehen wir auch in die Stadt, zum Flanieren. Unterwegs auf der Straße tagsüber im Gedränge oder in einem Lift, wo man Personen aus der Nähe sieht, kommt es vor, dass er es nicht lassen kann, Iris zu vergleichen mit anderen Personen weiblicher Herkunft, ihr Haar zu vergleichen mit anderem Haar, seine plötzlich so vage Erinnerung ihrer Nase zu vergleichen mit anderen Nasen. Im Moment kommt ihm die Idee, die Anzahl der im Lift fahrenden Personen nach Nasen zu bestimmen. Wieder auf der Straße, schaut er ihre ganze Gestalt an, ihre Art zu gehen. Er schaut, um zu prüfen, ob seine Zärtlichkeit sich wirklich auf Iris bezieht oder belüge ich uns ...?

Er bleibt sitzen und schaut jetzt irgendwohin. Einen Schlüssel, den er zur Hand hat, lässt er durch die Finger gleiten. Das Metall hat sich in der Sonne angenehm erwärmt. Ein Motorsegler brummt in der Ferne. Er sitzt da und empfindet die Sonne jetzt auch auf der Haut. Kein Wind bewegt ein Haar, so scheint es zumindest. Es gibt keine Verpflichtungen, keine Termine; er vergisst einmal die Weltlage. Es ist allerlei, was er vergisst in dieser dünnen Gegenwart. Berge haben etwas klares, undurchsichtiges.

OBEN IN DEN BERGEN

Ein weites steinernes, gegen Abend violettes Tal auf dem Berg. Unglaublich, dieses Licht! In dieser Stimmung fühlt er sich als Pionier. Er würde gerne über Nacht bleiben, spricht die Idee aber nicht aus. Sie gehen zurück; es ist eher ein Laufen. Er versucht den Weg abzukürzen und rutscht auf dem feuchten Waldboden aus. Seine Nase tropft rot. Wenn er sieht, wie sie jetzt durch das Gras stapft, dann wieder auf dem Weg geht, langsamer und mühsam, etwas erschöpft vom langen Lauf und mit schlenkernden Armen, da die Beine nicht schlenkern können, und wie sie manchmal im Stapfen vornüber knickt, wenn ein Fuß wegrutscht, sie dann wieder das Haar über diese oder die andere Schulter wirft, sieht er sie mit

Wohlgefallen. Vermutlich weiß sie es, denn sie schaut jetzt irgendwohin. Wenn sie direkt neben ihm läuft, schaut er anderswohin. Man sollte niemanden mit Absicht fixieren; das schickt sich nicht. Wenn sie die hölzerne Treppe zur Pension hinaufgeht, schaut er ihr nach; er kann es sich vorstellen, wie sie die Arme bewegt, Grazie, ganz ohne Selbstzweifel. Er kann sie auch vergessen, zum Beispiel wenn er mit Leuten ist. Er sieht sie mit Wohlgefallen, wenn sie speist; dieser enorme Appetit einer Schlanken. Wenn sie nicht da ist, kann er sich an ihr Lachen nur ungenau erinnern; ihr nächstes Lachen hört er mit Wohlgefallen.

Im Dorf, wenn sie ihn noch nicht erkannt hat und die Straße überquert, Iris als Passantin unter anderen: Die Art, wie sie ihre dünnen Arme bewegt, wie sie zögert und sich im Gedränge durchsetzt, wie sie den Kopf bewegt. Er ist nicht verliebt. In seinem Leben war er einmal verliebt. Das ist jetzt elf Jahre her. Damals hatte mir dieses Gefühl den Magen zugeschnürt, ein fast vollkommener Hungerverlust, begleitet von einer angenehmen Schwerelosigkeit; ich schien auf einem anderen Planeten zu sein.

Er freut sich. Wenn sie die Treppe der Pension herunterkommt von der scheinbar hölzernen Pension, denkt er nicht an die Nacht; er sieht ihr Hüpfen auf der Treppe, dann beinahe Stolpern, wenn es nicht das Geländer gäbe, mit Wohlgefallen. Sie kommt aus der kölschen Provinz, linksrheinisch.

Sie erzählte mir, dass sie dort auch ihre erste Beziehung lebte. Es war wohl eine schüchterne und aufrichtige Freundschaft. Sie redet in einer Weise über ihn, nicht unbedingt schlecht, nur findet sie sich größer. Wir streiten über den Kapitalismus und ich empfehle ihr, gleich nach Russland auszuwandern. Ich denke systemimmanent, wirft sie mir vor! Ich enthalte mich weiterer verbaler Auswürfe, die Auseinandersetzung wird zur erzwungenen Sprachübung. Nicht hier und nicht in diesem Moment, unweit von unserer Wiesen- und Waldrealität entfernt. Man spricht von Kindern. Eine Abtreibung hat sie hinter sich. Es geht wohl nie ohne Zweifel, ob es richtig ist. Nie ohne Schrecken. Die Rolle des Mannes dabei; sie hat ihn gar nicht eingeweiht. Sie sagt einmal: Weil ich die Erfahrung schon gemacht habe, will ich sie nie wiederholen. Sie sagt auch: Wenn ich sie schwängere, dann ist sofort Schluss.

Was ist bloß heute mit ihr los? Die schlichte Nachricht, das ein Kind gezeugt worden ist, hätte mich gefreut, der Frau zuliebe. Wir sind in einem Ristorante, um zu essen und sitzen an einem Ecktisch, ganz in der Nähe einer Heizung. Auch wenn er sie nicht anschaut: Sie macht die Gegenwart, ihr Körper im bequemen Holzstuhl. Im Augenblick weiß sie nicht, was er denkt; er weiß nicht, was sie denkt. Kein Bedürfnis, ihren Körper zu berühren. Lieber möchte er sie zeichnen. Sie hat ihren Kopf zurückgelegt, das Gesicht nach der anderen Seite hinüber, ihre Bluse bis zum zweiten Knopf geöffnet, ihre beiden Hände in den Hosenschoß gelegt, die Knie hochgezogen. Er sitzt aufrecht. Als sie bemerkt, dass er sie anschaut, lacht sie.

MIT MUTTER IN ROM

Sie kommt aus Afrika, die Mutter, über 50, nach Rom - sie will noch alles sehen. Sie ist nämlich zum ersten Mal für mehrere Tage in Rom, sie ist unermüdlich. Wir spazieren viel im Zentrum und ich kleide mich neu ein. Es ist mir eine Freude, mit ihr zu schlendern, nur einmal gibt es Ärger wegen einer nicht verlangten Quittung. Danach fliegt sie nach Deutschland weiter und beginnt ein Geschäft. Sie will viele deutsche Marken verdienen. Ich wünsche ihr viel Glück beim Verkauf und ahne, was da auf sie zukommen wird.

IRIS

Hier gibt es ein Meer. Dann kommt es vor, dass sie plötzlich nicht wissen, was sie reden sollen - dieses Beisammensein tagsüber: nicht langweilig, nur sehe ich dann beide von außen: sie werden einander nicht kennen lernen ...

Es ist immer noch die Küste, die Brandung vielleicht etwas näher als vor einer Stunde, weder stärker noch schwächer. Die

Sonne steht hoch am Horizont. Es ist angenehm, weniger heiß. Das Meer jenseits des weißen Gischtes auf den Wogen, die erst kurz vor dem Strand in sich zusammenbrechen, erscheint jetzt wie Tinte blauschwarz. Das stetige Geräusch der Brandung. Die beiden Hände unter den Nacken gefaltet, um den Kopf etwas zu heben, um den scharfen Horizont zu sehen, schweigt er nicht; er verschweigt nur, was ihn betrifft. Keine Tragödie. Alles verständlich, sogar selbstverständlich. Und richtig. Und er hat es vorausgesehen; jedermann hat es vorausgesehen. Es bleibt noch, dass er es jetzt annimmt. Ohne Beschwerde. Und das kann man, die Hände unter dem Nacken gefaltet, um den Kopf etwas zu heben ...

Neulich habe ich meine Kette vermisst. Sie ist unersetzbar. Der Kette, einer goldenen, ist nicht anzusehen, warum sie unersetzbar wäre. Sie besitzt in ihrem Zentrum einen goldenen Ashanti - Stuhl aus Ghana. Ich habe sie beim Joggen verloren. Stundenlang bin ich die Strecke abgegangen und niemals war ein Aufatmen zu hören. Das wäre nicht der Ort gewesen, um diese Kette zu verlieren ...

Zum Abendessen erscheint Iris in blauen Jeans, die ihn weniger überzeugen, - dazu wieder die dünne Brille. Die Bedienung bringt schon Wein. Sie nimmt unseren Gruß nicht entgegen, schenkt sofort in die beiden Gläser ein. Die Leute ringsum sind junge Leute, Normalverdiener, hemdsärmelig. Viele gestandene Paare, die kaum je ein Wort miteinander wechseln, und Familien, laut, wie zu Hause. Sonnenuntergang für alle.

Eine Hochzeitsgesellschaft. Die Anzahl der Personen, die sie gemeinsam kennen, ist gering, Klatsch kaum möglich. Er soll bestellen. Sie erwartet es, ungefragt. Iris nimmt an, dass er es vorführen kann. Sie überschätzt ihn. Einiges an seiner Person befremdet sie, das sieht er. Wenn er zu viele Pasta-Gänge bestellt, schaut sie kritisch. Jetzt kostet er den Wein und nickt. Von diesem Getränk versteht er etwas. Auch die Nudeln namens „Zite" wollen gegessen werden. Sie sind lang und dick und schauen meist über den Tellerrand hinaus, so als wollten sie nichts verpassen. Sie kann es nicht viel besser als er mit der Gabel. Für den Löffel sind sie zu dick. Manchmal sagt er Dinge, die ihn einfach überraschen. Das stimmt ihn heiter. Es erleichtert ihn auch, wie belehrbar er sein kann.

Übrigens trinken sie wenig. Iris stochert in ihrem Fleisch-klumpen, aber nicht, um wegzuhören. Natürlich interessiert sie nicht alles, was ihm in den Sinn kommt. So viel, wie er zuerst meinte, ist nicht an seinem Galletto; die abgenagten Knochen auf dem Teller, ein unschöner Anblick. Die Hunde im Hof verlangen ihren Anteil.

Jetzt sieht er die Hochzeitsgemeinschaft Torte essen. Ergibt sich ein Einverständnis, so glänzt es; es riecht nicht nach einem sauer-vernünftigen Abkommen. Es lässt sich weiterreden, ob-schon man einverstanden ist. Die junge Bedienung, ein Dorf-mädchen vermutlich, behandelt sie beim Nachtisch als ein besonderes Paar, tut, als habe sie Anteil an einer Art von Fest. Keine Zärtlichkeiten bei Tisch; sie sind nur ein Paar ohne die Mienen verhohlener Antipathie, ohne die kurzen Blicke, die der Partner nicht merken soll, wenn sie ihn von der Seite tref-fen. Diese Blicke, wenn es für beide kein Geheimnis mehr ist, ihr tiefes Verbundensein ohne Wohlgefallen.

VILLA IN FERRARA

Sie liegen nicht im Gras wie die anderen Paare, sie sitzen. Wir sind zu Nicos Laurea-Feier gekommen; es ist ein stolzes Fest. Vielleicht fährt er gleich mit uns zurück und verbringt noch ein Wochenende in den Abruzzen. Es wird nichts versprochen, nur erwogen. Er sitzt, während Iris jetzt im Gras liegt. Sie spricht mit Conny, der Freundin von Nicos, denn Iris muss sprechen, obwohl sie Conny nicht sonderlich mag. Vielleicht gerade deswegen.

Schließlich ist es Sonntag, ein freundlicher und sonniger Tag. Kein Sonntag zum Streiten. Der Park ist voller Leute, nicht ein Hippie darunter. Als sie sich erheben und gehen, weil es Zeit ist, ist es Iris, die ihren Arm in seinen hängt; sie betrachten zusammen, Arm in Arm, eine schwarze Dogge, dieses enorme Tier, das sich auf der Wiese wälzt und glänzt. Geruch von verbranntem Fett, wahrscheinlich Fritten. Eine Calcetto - Mannschaft mit ausschließlich athletischen Fußballern, da und dort ein Vater, der für seine Kinder Drachen steigen lässt.

Ein halbes Jahr später bin ich zurückgekommen. Eine Woche bei Nicos in Ferrara auf der Suche nach meinem unbefangenen Sonntag - eine Woche auf der Suche nach mir! Es war eine ihrer ersten Fragen: Wie viele Frauen ich schon gehabt habe? Es macht anscheinend gar keinen schlechten Eindruck von vielen zu sprechen. Die Position könnte etwas wissendes beinhalten und vielleicht auf Erfahrung schließen lassen. Erfahrung im Umgang mit Menschen. Manchmal meine ich sie zu verstehen, die Frauen, und am Anfang gefällt ihnen meine Erfindung, mein Entwurf zu ihrem Wesen; zumindest verwundert es sie, wenn ich in ihnen sehe, was meine Vorgänger nicht gesehen haben. Damit gewinne ich sie überhaupt. Nie habe ich mit einem Mann so sprechen können wie mit dir, das habe ich mehr als einmal gehört bei Abschieden. Schmeicheln kann jeder, das habe ich nicht nötig; es schmeichelt ihnen, wenn sie mich unter dem Zwang sehen, sie zu erraten. Eine Zeitlang überzeugt es sie, was mir zu ihnen einfällt. Ich sehe sie nicht simpel, sondern voller Widersprüche. Mein Entwurf hat etwas zwingendes. Wie jedes Orakel. Ich staune dann selber, was ich geahnt habe, wie ihr Verhalten auch bestätigt. Natürlich habe ich nicht für jede Frau den gleichen Entwurf. Es lässt mir keine Ruhe, ich muss wissen, wem ich meine Zuneigung gebe. Erfahrungen mit einer Partnerin zu übertragen auf die nächste, davor hüte ich mich. Wenn ich es aus Versehen trotzdem tue, weiß ich mich im Unrecht. Es muss an mir liegen, wenn ähnliche Verhaltensweisen wiederkehren, oft sogar haargenau. Dabei fehlt es, so meine ich, nicht an Fantasie; ich erfinde für jede Partnerin eine andere Not mit mir. Zum Beispiel, dass sie die Stärkere ist oder das ich der Stärkere bin. Sie selber verhalten sich danach, wenigstens in meiner Gegenwart. Wenn ich sehe, dass sie leiden, so sage ich, woran sie leiden, oder ich sage es auch nicht; ich meine es aber zu wissen. Alles, was in meinen Entwurf passt, bietet sich als Beobachtung an. Ich sehe es doch, ich höre es doch, und wenn ich nicht dabei bin, so kann ich es mir ungefähr vorstellen. Ich muss es mir vorstellen; nicht ungefähr, sondern genau. Natürlich zweifle ich, ob meine genaue Vorstellung stimmt. Das ist deine Interpretation, sagen die Frauen. Sie selber brauchen keine. Ob es mich peinigt oder beseelt, was ich um die geliebte Frau herum erfinde, ist gleichgültig; es muss mich nur überzeugen. Es sind nicht die Frauen, die mich hinters Licht führen, das tue ich selber.

Dino, bist du eifersüchtig? Ihre Frage zum Nachtisch. Es ist Sonntag. Sonntags gibt es Nachtisch, wenn auch nicht immer. Dieser Sonntag ist jedoch ein besonderer, weil sie am darauffolgenden Dienstag fliegt. Iris will immer noch seine Laster herausfinden. Dabei scheint alles schon so klar zu sein. Vielleicht ist es auch nur noch ein Spiel. Wir haben reichlich über Eifersucht gesprochen; alleine deswegen hat er aus Voraussicht gleich alle Fronten klären wollen. Sie stellt sich so dar, als müssten ihr ab und an die Flügelchen gestutzt werden. Ihr gefällt diese Rolle, alle Aufmerksamkeit auf sich zu konzentrieren. Gehören diese Provokationen mit zu dem Spiel oder könnte sie sich wirklich in unbekannten Höhen verfliegen?

Es wäre keine neue Erfahrung für ihn, wenn er wieder in Eifersucht verfiele. Es ist auch zu oft durchgespielt worden, als dass ihm dazu nichts neues, wirklich neues, mehr einfiele. Es ödet ihn an, was er schon mehrmals durchlebt hat. Trotzdem gibt es kein Entrinnen. Er ist ein Mensch mit viel Fantasie, das stimmt schon. Deswegen kann er sich gewisse Emotionen nicht leisten, weil sonst die Gefahr besteht, dass die Emotion als Fantasie die Realität einholt und überholt.

Heute gehe ich nach langer Zeit einmal wieder alleine ins Dorf, um einen Cappuccino zu trinken. Ich sitze draußen, während ein Zwerg mit unverhältnismäßig großem Kopf auf mich zukommt und mir zuflüstert. Im ersten Moment verstehe ich gar nichts, bemerke aber die Feuchtigkeit an meinem Ohr. Ich erinnere mich an ein griechisches Sprichwort, das besagt: Hüte dich vor den körperlich Verunstalteten!

Tatsächlich fuchtelt dieser Mensch so aufdringlich vor mir herum, dass es in mir eine gewisse Ablehnung hervorruft. Ist es wahr, dass die Natur selbst die Menschen stigmatisiert, um die Guten von den Bösen zu unterscheiden, so wie einst die Gerichte den Verbrechern zur Strafe ein Mal auf die Stirn brannten, eine Hand abhackten, beide Ohren oder die Nase abschneiden ließen? Ist die Bösartigkeit der durch einen körperlichen Defekt Gezeichneten potentiell und nicht aktuell?

Die einzige „Schuld" dieses Menschen besteht alleine in seiner Größe, die ihn eben sichtbar von allen anderen unterscheidet. In der Dorfgemeinschaft ist er als Clown akzeptiert, und nur als solcher. Aktualisiert sich dieser körperliche Defekt, ist es geradezu ein Fingerzeig, gewissermaßen ein Beweis, eine Bestätigung? Sind rote Haare auch ein Defekt?

Ich habe einen Freund, der besitzt enorm viele davon. Sollte ich ihm erzählen, dass die Abneigung gegen rote Haare besonders im Mittelalter verbreitet war, so als eine Art rassistischen Aberglaubens. Böskopf oder Hexer hieß es damals, weil er rotes Haar hatte und rotes Haar hatte er, weil er ein bösartiger und tückischer Junge war, der versprach, ein echter Gauner zu werden! Er hatte rotes Haar, weil er bösartig war. Aber bösartig war er erst wegen dieses roten Haares geworden, das ihn gezeichnet, zum Außenseiter und Ausgestoßenen gemacht hatte, weil die Blonden und Dunkelhaarigen, unter die er geboren war und unter denen er lebte, dieses seltene Spiel der Vererbung als Merkmal und Äußerung des Bösen betrachteten. Den Dunkelhäutigen geht es übrigens ähnlich. Sie sind Opfer ähnlicher Argumentation.

Der Zwerg hat keine roten Haare, aber einen überdimensionalen Kopf. Es ist nicht der Kopf und auch nicht der Körper, der mich Abstand nehmen lässt. Es ist sein aufdringliches Fuchteln vor meinem Gesicht. Ich schicke ihn weg, den Mann. Er geht sofort. Auch dreht er sich nicht einmal mehr um.

Ab und an fahren sie nach Villamagna, um dort Tennis zu spielen. Von Ripa aus gesehen ist es der nächst gelegene Platz. Eine schöne Anlage. Von der Spielfeldmitte schaut man östlich auf eine ungezählte Menge von Pfirsichbäumen, die Sicht in die anderen Richtungen ist von hochgewachsenen Bäumen verdeckt. Hinter ihnen erahnt man Weinfelder. Iris ist eine flinke Spielerin, schneidet aber die Bälle nicht und ärgert sich, wenn sie einen geschnittenen Ball nicht erwischt. Sie zeigt ihren Ärger jedoch nicht offen. Ihr Ärger hilft ihm und er freut sich, dass es wirklich ein Match wird. Es passt jedoch nicht in diese Stille. Was ihm immer öfter gelingt: die kommenden Bälle, die langen, erst in ihrer sinkenden Flugbahn zu nehmen, weit unter Netzhöhe. Sie trifft manche Bälle dann aber doch noch, die dann zu unkontrollierbaren Geschossen werden. Sein T-Shirt, ein gelbes, ist schon völlig verschwitzt; das kommt auch von der sommerlichen Hitze. Wenn der Ball außerhalb des Zaunes liegt, sollte man ihn gleich holen. Später findet ihn niemand. Sie verliert das erste Match, dann das zweite. Noch ist nichts entschieden. Vorher muss sie sich aber Stirn und Finger vom Schweiß frei wischen. Während sie sich so auf den letzten Satz vorbereitet, schweigen sie ...

Oft soll er geredet haben, als wisse er Bescheid. Nach dem Match trinken sie noch ein Wasser. Es gibt fast keine Irreführungen, es muss nicht gelogen werden. Wenn da eine andere Liebe sein sollte, denkt er, so wird man es ihm sagen früher oder später. In der Nachmittagssonne sitzen zwei glückliche Menschen, das sieht man. Sie spricht von einer gemeinsamen Reise, werbend. Es sind ihre Pläne. Ein schöner Vorschlag, dieser Plan. Ich betrachte sie und denke: Ein Mann, der es nicht merkt, dass die Frau aus einem anderen Bett kommt, ist kein zärtlicher, kein aufmerksamer Mann. Sie fahren mit ihrem großen Benz nach Hause und in jeder Rechtskurve macht der Wagen schleifende Geräusche. Sie sind erschöpft, dieses Tennis-Match steckt ihnen in den Knochen. Für den Abend werden Gäste erwartet, man spricht Italienisch. Oft, wenn italienische Gäste da sind, fällt sie ihm ins Wort oder will seinen Gedanken formulieren, weil er noch nicht fließend spricht. Er schaut sie tadelnd von der Seite an, nicht ohne Zuneigung, nur hilflos. Sie ist jedoch in ihrem Eifer nicht mehr zu bremsen. In solchen Situationen ist sie weit entfernt. Es liegt mit Sicherheit nicht an ihrem Italienisch, vielmehr spricht sie zu schnell. Es wirkt, als hätte sie die Befürchtung, widerlegt zu werden. Er hätte Grund, stolz zu sein, stattdessen bedrückt ihn diese Art. Überschätzt sie sich? Er erwartet Respekt! Wenn sie alleine sind, kommt das niemals vor. Es ist schon spät, alle Gäste sind außer Haus. Draußen beginnt es zu nieseln. Sie räumen die Gläser jetzt nur noch vom Tisch auf die Spüle und gehen gleich zu Bett. Nach Mitternacht, was soll man zu dieser Zeit hier noch tun. Es ist selbst zu spät zum Reden. Morgen müsste ein regnerischer Tag sein, laut Prognose.

Sie hat fünf Jahre gedauert. Eine gewachsene Beziehung. Von Liebe keine Rede, von Zuneigung schon. Es könnte sein, dass ich eine bestimmte Ahnung nur ungern ausgesprochen ..., sie hätten miteinander leben mögen. Warum sie es nicht haben sagen können, schließlich versteht er auch das: Sie haben nicht wissen können, was passiert; es gibt keine Gewähr für Beziehungen. Unfälle erschweren den gemeinsamen Weg und gerade dann scheint man sich über die enormen Abgründe bewusst zu werden. Es ist noch nicht acht Uhr abends. Die Brandung vor meinen Füßen.

Ein Studienkollege fährt mit seinem Golf vor. Ich kenne nur einen Deutschen hier, der sich so locker geben kann. Uli, ein deutscher Name. Er überredet mich auf einen Ausritt. Mit dem Auto fahren wir eine halbe Stunde Richtung Teramo und leihen uns in einem kleinen Reitstall zwei Pferde aus. Schon nach zehn Minuten verfluche ich Ulis Idee, mit dem Gaul die italienische Natur zu erkunden. Es ist wie eine allmähliche Verstümmelung, kein Freund also. Wenn wir so direkt nebeneinander reiten, kommen echte Männergespräche auf. Die Unterhaltung bleibt jedoch zu jeder Zeit seicht. Manchmal klage ich den Gaul an und, als wenn er es hören könnte, bitte ich um Verzeihung. Ich nehme zurück, was ich im Zorn gesagt habe. Wohin aber mit dem Zorn? Gestauter Zorn hat noch niemanden beruhigt!

Uli redet ein belangloses Zeug daher, während ich höre und schweige. Jetzt muss ich was dazu sagen, ich bin fast gezwungen. Wenn er mich nicht direkt ansprechen würde, könnte ich sagen: Was gehts mich an? Irgendwie erwartet man von einem, der wenig redet, mehr Qualität.

Er versucht seine Eitelkeit zu verschleiern und stellt sich in einer Form dar, die über jeden Zweifel erhaben ist. Merkt er denn nicht, dass ich ihn längst durchschaut habe? Oder ist es ihm schon klar und er führt dieses Gespräch als äußerst erfahrener Teilnehmer mit dem nötigen Abstand?

Auf dem Rückweg gehen sie in Montesilvano noch etwas trinken - ein lauter und düsterer Ort. Sie bestellen zwei Pernod. Man ist eigentlich nicht müde, nur erhitzt vom Reiten, eine Dusche wäre willkommen. In diesem trostlosen Raum ist alles fragil, Melancholie der gemeinsamen Ortlosigkeit. Wahrscheinlich das Einzige, was uns verbindet. Man müsste jetzt einen Einfall haben.

Uli sagt: Das nächste Mal werde ich ihn schon treiben! Er meint natürlich den Gaul und ich stelle ihn mir in schwarzen Cowboystiefeln, mit Stern und Pistolengurt vor. Es ist schon

Nacht, kein Leuchtturm zu sehen, Nacht ohne Horizont. Wir entschließen uns, noch in die Mensa zu gehen. Es ist schön bequem und für wenig Lire gibt es volle Bäuche. Außerdem ist es ein Treffpunkt, Drehscheibe für weitere Unternehmungen. Ich fahre jedoch nach dem Essen gleich heim.

Am späten Abend meldet sich unerwarteter Besuch an. Eigentlich nahm ich an, den Abend alleine zu verbringen. Sie steht vor der Holztüre; ich habe sie gar nicht kommen hören. Iris wirkt froh, mich angetroffen zu haben. Es wird wenig gesagt, wenn er ihren Körper küsst, bis sie ihn zu sich zieht. Ihr Haar auf seinem Gesicht, der weite und weiche Mund, jetzt ihre nahen Augen, die plötzliche Ähnlichkeit aller Frauen im Augenblick ihrer Lust.

Später liegen sie mit den Köpfen auf einem Kissen. Das Bett, auf dem sie liegen, ist aus Holzlatten genagelt und knarrt ab und an. Dieses Bett ist Ort der Erholung, Freude und Entspannung. Manchmal wird sogar darauf studiert. Sie ist wach und liegt noch neben mir. Die Atmosphäre ist anders als vorher, einfach fremder. Er genießt es im Moment, an nichts problematisches zu denken. Er hört die Spatzen vor der Haustüre, aber er schaut nicht. Was zu sehen wäre, das kennt er. Sein Körper lässt ihn empfinden, dass er im Augenblick da ist. Manchmal fragt er sich beiläufig, was er mit seinen letzten Jahren eigentlich gemacht hat. Andere können sagen: drei Jahre Ausbildung, fünf Jahre Beruf. Ein anderer: sechzehn Jahre Produktion, ein nächster: zehn Jahre Lager. Sie wissen, warum das Leben kurz gewesen ist.

MEDIZIN

Ende 1984 habe ich mich entschieden: Wozu? Zu sechs Jahren Regelstudienzeit. Weißer Kittel, Stethoskop, vielleicht ein Füller in der Brusttasche. Der weiße Kittel eines Mediziners; der flatternde Ton huschender Kittel. Dann die tägliche Fahrt ins Krankenhaus. Ein Student bin ich, weder Schriftsteller noch Arzt. Ich kann es genießen, noch lebe ich auf dem Lande. Draußen ist es neblig, so dass man die Lampe zum Lesen einschalten muss. In der Medizinerwelt wird es Ärger geben, weil der Minister dort Gelder sparen will. Mich betrifft das nur peripher. Ich bin 31 und habe keinen Brotberuf, kein Diplom und ich bin dankbar dafür, dass ich meine beiden Beine noch frei bewegen kann. Eine Stelle bedeutet: acht bis zwölf und eins bis fünf. Dann könnte man heiraten. Vielleicht einige Kinder in die Welt setzen. Wenn ich das Stethoskop benutze, habe ich das Gefühl, über das Hören zu wissen.

Wieso gerade Arzt? Der Vater war nicht Arzt, auch nicht der Großvater. Also keine Vergangenheit als Medizinmann. Der Vater war Chemiker in der organischen Chemie. Ein fleißiger Arbeiter. Einige Freunde praktizieren schon. Die meisten haben jedoch noch keine Ahnung, wie etwas auszuführen ist; darum frequentieren sie das Krankenhaus. Im Krankenhaus ist es anfänglich ein Gefühl von Unwissen, selbst die Kranken ahnen es. Ich bin nicht bezahlt, nicht einmal ein Lob oder eine Anerkennung, ob ich hier oder dort bin, es macht keinen Unterschied. Auch das sehe ich.

Er fährt mit dem Fahrrad am Meer entlang, Richtung Ripa. Er kommt aus dem Krankenhaus. Das Mittagsmeer ist perlmuttgrau unter tiefem Gewölk, die Brandung flau, keine Sonne. Ich halte kurz an, ziehe die Schuhe aus und laufe durch den Sand, die Sandalen in der Hand. Möwen über der leeren Küste, lauter als jede Empfindung, lauter als die Brandung.

Er denkt: Heute wirds regnen. Es ist windig und er trägt nur das Hemd und eine leichte Windjacke; es friert einen nicht, solange man stapft. Noch regnet es nicht. Wieder kein Mensch weit und breit. Da und dort eine Cola-Dose im Sand. Auch liegen überall ein paar Flaschen herum, nicht nur im Sand. Es wirkt wie ein zivilisierter Beweis. Er fragt sich, wie weit er gehen wird, die Schuhe in den Händen. Die Möwen fliegen vor ihm auf, er fühlt sich wohl. Er stapft durch den nassen Sand. Dann wieder denkt er gar nichts. Dann wieder dasselbe. Warum schreibe ich das alles, um Leser zu befriedigen oder vielleicht mich selber. Weiter von der Brandung entfernt, dort wo der Sand trocken ist, wird es ein mühsames Stapfen.

•

EIN SPAZIERGÄNGER

Drei oder vier Hunde, Abruzzesen vielleicht; es sind große, weiße Hunde. Sie kommen auf mich zu und umkreisen mich, an diesem langen Strand. Sie greifen aber nicht an, sie bellen. Ich sehe nicht hin. Sie bellen wie tollwütig. Ich weiß nicht, wer der Spaziergänger ist. Man hört ein Pfeifen, dann eine Stimme. Ohne diesen Pfiff wäre ich immer noch in bellender Begleitung, vielleicht hätten diese großen Tiere sogar noch Hunger gezeigt.

Jetzt endlich fällt er mir wieder ein. Der Film heißt Dr. Schiwago. Seit Tagen überlege ich, wo ich diesen Film schon gesehen habe. War es im Kino oder zu Hause? Die Frage scheint nebensächlich, doch ohne sichere Antwort nimmt sie Bedeutung an. Das Hirn will beschäftigt sein. Arbeitslosigkeit ist ein Fremdwort für sie. Meine Furcht davor, das mein Gedächtnis mich im Stich lässt, und meine Emotionalität. Es hilft nichts, dass ich dieses oder jenes zu wissen meine.

Ein langer, leichter Nachmittag: Die Welt entrückt in ihre Zukunft ohne mich, und so die Verengung auf das Ich, das sich von der Gemeinsamkeit der Zukunft ausgeschlossen weiß. Es bleibt das stetige Bedürfnis nach Gegenwart durch eine Frau. Ich kenne das Vakuum: wenn eine Viertelstunde, die nächste, länger erscheint als das vergangene Jahr.

OFFENES HAAR

Im Juli werde ich 32 Jahre alt! Ab achtzehn Jahren zählt man nicht mehr wirklich mit. Vielleicht fange ich wieder bei 60 an. Es regnet ein paar Tropfen gegen das Fenster. Auf dem Land ist das Wetter ein Thema. Alles hängt vom Regen ab. Die Traube hat ihn nötig. Es ist nach elf Uhr morgens, gleich gibt es Frühstück. Ich muss sie erst wecken. Morgens ist sie noch nicht so ansprechbar ... Ihre Lider, jetzt blass und wächsern. Sie atmet aber. Ihr offenes Haar auf dem Kissen, ein nackter Arm hängt fast auf dem Boden, ein Fuß unter dem Laken.

ZEIT ZUM JAGEN

Ich sitze bei offenem Fenster in meinem Haus, während sich von draußen Schüsse nähern. In unregelmäßigen Abständen hört man es knallen, dazwischen Gebell. Bei genauem Hören entpuppt sich der Schuss als Schuss aus einer Schrotflinte, ach, aus mehreren Flinten, denn in Italien beginnt im Frühling die Jagd. Wenn einem seine Gesundheit lieb ist, dann sollte man auf keinen Fall in dunkle Wälder gehen oder auf saftigen Wiesen nach Pilzen schauen; man könnte, sich in der Hocke befindend, verwechselt werden. Nicht, dass sie das mit Absicht tun, die Jäger hier, aber es herrscht nun eben ein latenter Wildmangel. In den ersten Tagen der Saison sind die Zeitungen voll von solchen Unfällen. Die Zahl der Jäger nimmt von Norden nach Süden stetig zu. Keine großen Überschriften, meist reichen wenige Zeilen an Aufmerksamkeit. An solche Art von Unfall hat man sich gewöhnt in diesem Land. Eine Gegend voll Bedürfnis nach Männlichkeit.

Ich sehe sie vom Fenster, die metallenen Rohre. Nicht ein Gewehr blinkt in der Sonne und überhaupt ist es eher ein Schleichen als ein Gehen, wobei die Schultern leicht vornüber gebeugt sind. Tarnung scheint ihr Ziel zu sein. Zweifellos würden sie sich noch tiefer beugen, wenn sie könnten, den langen Lauf schussbereit nach vorne gerichtet mit ihren Tarnanzügen, den erdfarbenen. Auch haben die Hunde ihre Freude und schließlich ist diese Jagd für alle eine Bestätigung. Der Hund als Jäger und Treiber, eine Rolle, die ihm auf den Leib geschrieben ist. Der Mensch dagegen ein Jäger und Sammler, mit der Schrotflinte als Symbol der Potenz. Eine Auseinandersetzung zwischen Mensch und Wild ist für den Jäger auch eine Frage der Intelligenz und Geschicklichkeit, denn das Wild soll überlistet werden. Welcher Jäger würde schon auf einen Hasen schießen, der willig auf ihn zuläuft, als würde er ihn erkennen. Auf den aufspringenden und flüchtenden Eber wird augenblicklich geschossen, um ihn später in stolzer Pose zu zeigen. Während der Jagd erahnt der Jäger hinter jeder großen Wurzel, hinter jedem Baumstumpf das wilde Tier. Ein zahmes Kaninchen weckt keinen Jagdinstinkt. Oft reicht dann schon eine kleine Unregelmäßigkeit, ein plötzliches Geräusch, um diese langen und matten Rohre mehrfach zu entladen, die unnatürliche Stille explosionsartig zu zerreißen. Durch die Jagdkleidung ist die Tarnung im Gelände so perfekt, dass der Jäger für das Wild kaum zu erkennen ist und somit zu allem Verdruss auch nicht für die Jagdfreunde. Könnte er sich noch geräuschlos über den Waldboden bewegen, dann wäre er auch vor seinen schießwütigen Kameraden sicher. So kommt es vor, dass anstatt des flüchtenden Hasen einer unserer treuesten Begleiter „ins Gras beißt"! Der ersten Freude über den gezielten Schuss folgt Verwunderung, später Bestürzung.

Im Traum bin ich unterwegs. Im Morgengrauen auf der Küstenstraße, während alle schlafen; nicht barfuss, doch in den Sandalen beginnen die Füße zu rutschen. Es ist dringlich, und ich gehe geschwind. Ich schaue kaum. Trotzdem sehe ich in der Bucht die reihenweise verankerten Boote zum Verschrotten, Fischerboote auf dem Meer, weit draußen im Morgengrauen. Zuerst bin ich nur an den Strand gegangen, dann habe ich mich auf eine Mauer gesetzt, ab und zu einen Blick zum Bus. Nahm ich an, sie suche mich? Im Schlaf vergehen die Stunden wie im Flug, nichts für Wachende. Dann bin ich geschlendert um nicht zu frösteln. Plötzlich Langeweile. Dort, wo die Küstenstraße den Ort verlässt, stehen noch einzelne Häuser. Es wirkt gespenstisch. Ich habe mich nochmals auf die Mauer gesetzt, beide Arme zur Seite gespreizt, die Hände flach auf dem rauhen Mörtel, die Füße in den Sandalen, pendelnd. Nachdem ich den Mörtel von den Händen gerieben habe, gehe ich, bevor es endgültig Tag wird. Wie einer, der eine Meldung zu bringen hat, eine dringliche, gehe ich weg.

„La Spezia", von hier setzen wir mit dem Bus nach Korsika über. Noch ist kein Mensch auf den Beinen. Zu früh vor Tag, um einen Kaffee zu bekommen. Kein Bus am Hafen außer dem unserigen; wir sind außerhalb der Reisewelle. Ich sitze alleine auf einer Bank, alles Denken hilflos. Ich weiß nicht, in welcher Richtung die Zukunft liegt. Später, als die Fähre anlegt, gibt es auch den ersten Kaffee. Ich schiebe den Geldbetrag in Münzen rüber und zähle danach noch einmal meine Franc. In fremder Währung wird das Zählen zur rechnerischen Übung. Wird es auf Korsika klappen? Kopf oder Zahl?

Ich lasse eine Münze entscheiden, obschon meine Zukunft längst entschieden ist; es ist ein dolce Inganno. Also, bloß zum Hohn werfe ich die Münze, eine italienische. Ich nehme sie vom Boden ohne hinzusehen, ob Kopf oder Zahl, ich warte noch, bis das Schiff ablegt. Vom Schiff aus schaue ich ins Meer; das Auge verliert sich in der weißen Gischt der brechenden Wellen. Mir ist nicht ganz klar, ob ich wache oder träume. Es scheint einer von den wenigen zeitlosen Momenten zu sein. Er führt mich geradewegs über das Meer nach Neapel. Ich bewege mich mit großer Geschwindigkeit! Sie steht am Bahnhof. Ihre Arme sind kräftig, Schwimmerin ist sie gewesen. Wohin mit uns?

Schließlich ist es ein Zufall, das wir eine Unterkunft bekommen. Man könnte sie als wenig komfortabel beschreiben, aber mehr kann ich mir im Moment nicht erlauben. Sie erinnert sich an ihre Heimat, den Osten. Die Nächte mit ihr sind bewegend, ihr Körper ist von einem Wissen und einer Selbstverständlichkeit, dass die Berührung eine absolute Dimension eröffnet. Sie beherrscht diese Sprache. Unsicherheiten sind ihr fremd.

In diesen Urlaubstagen besuchen wir eine wundertätige Kirche im Hafenviertel von Neapel, die berühmte SANTA MARIA DEL CARMINE. Sie hat wenig Interesse an der heiligen „La Bruna". Seit zwei Wochen sind wir täglich zusammen und mir fällt jeder Tag mit ihr schwerer. Wir unterhalten uns kaum, nur unsere Körper sprechen die gleiche Sprache. Zum ersten Mal habe ich Angst. Angst vor diesem Satz. Ein Satz, den ich früher oder später sagen muss: *diesen* Satz. Ich sollte ihn vielleicht auswendig lernen, dann fiele die Aussprache leichter. Sie weint leise und bittet mich, es mir noch einmal zu überlegen. Ich bin ermattet, aber nicht nur das. Ich habe auch Schlafstörungen.

Verdammt!
Gestern der lange leichte Nachmittag, als sei alles verschwunden, ein für allemal. Blick zurück ohne Zorn und ohne Selbstmitleid, doch alles ist verschwunden - ein für allemal, und jetzt bleibt er erst einmal allein.

Verdammt!
In solchen Momenten ist das Meer nicht mehr blau, die Möwen nicht weiß und der Sand weder gelb noch grau. Nicht einmal das Schilf scheint eine Farbe zu besitzen, nur das tiefe Gewölk ist schwarz.

Verdammt!
Ich lebe stets in Unkenntnis der Lage. Warum diese Tränen? Stunden später habe ich mich wieder im Griff, ein Glück , dass wir vergessen können. Eine Woche darauf ruft sie mich an. Es war nicht unser letztes Telefonat. Der Tag ihrer Abreise war jedoch unsere letzte Berührung.
 Ich werde mich an sie erinnern, das ist mir jetzt schon klar. Auch hüte ich ihre Briefe noch. Alles bekommt irgendwann wieder die richtige Dimension. Im Moment fehlt mir der Abstand. Es umgibt mich eine seltsame Stille. Man könnte jetzt am Strand sitzen und schauen, wie es ins Meer regnet...!

Ich hätte Lust, zu verreisen. Es gibt da einen schönen und ruhigen Ort in den Bergen: Piano delle mele. Ein traumhafter Platz zum Spazieren. Hier fängt alles Autobiographische an. Man erzählt, ohne Personenwagen zu erfinden, ohne Ereignisse zu erfinden, die exemplarischer sind als die Wirklichkeit, ohne auszuweichen in Fantasien. Ohne seine Zeilen zu rechtfertigen durch Verantwortung gegenüber der Gesellschaft, ohne Botschaft.
 Immer öfter erfreut ihn eine Erinnerung. Meistens sind es Erinnerungen, die eigentlich nicht schrecklich sind: viele Bagatellen, nicht wert, dass ich sie in der Küche oder als Beifahrer erzähle. Es könnte mich nur eine Entdeckung erschrecken: mir mein Leben verschwiegen zu haben. So lege ich es schwarz auf weiß fest: Es ist mir wichtig! Ich habe mich in diesen Geschichten entblößt. Ich lebe nicht mit der eigenen Geschichte, nur mit Teilen davon.

 Er fährt an sein geliebtes Meer. Der Regen verdrießt ihn nicht. Im Gegenteil, dann wird er den Strand für sich alleine haben. Er teilt den Strand ungern mit Horden von Touristen. Jetzt das Hin und Her der beiden Scheibenwischer. Er achtet auf alles, was gerade zu sehen ist. Er will keine Memoiren. Er will den Augenblick. Die Landschaft jetzt in diesem Augenblick ist ziemlich trist, er schaut trotzdem. Die Eltern kommen bald: Italien ohne Sonne ist sein Geld nicht wert.

Er sieht seinen Fuß auf dem Gaspedal, einen beschädigten Schuh, seine rechte Hand am Steuer, eine muskulöse. Dann wieder das Hin und Her der Wischerblätter. Er fühlt sich gut; er ist dankbar für dieses Wochenende, das noch nicht vergangen ist.

Abends gehe ich zu G. rüber. Wir kochen schnell was zusammen und essen in seinem Fernsehzimmer. Dort speisen wir oft, umgeben von einem leichten Nebel. Sein Ofen qualmt ab und an. Der Fernseher läuft im Hintergrund, wie in vielen italienischen Familien. Es hat den Vorteil, dass man nicht so viel reden muss. Schweigen ist schwerer zu ertragen. Gegen zehn sehen wir einen Film mit AL PACINO. Anfangs verwechselte ich ihn mit einem anderen berühmten Schauspieler. Viele Filme schauten wir uns zusammen an, in unserem Leben als Exilanten. Manchmal fuhren wir auch nach Pescara, unter vielen Menschen einen Film schauen. Wir haben uns trotzdem durch das Fernsehen keine großen Kenntnisse erworben. Das Fernsehen bereitet einen nicht auf das Leben vor, es lenkt nur ab. Darum bin ich kein Kenner, nicht einmal von den Filmen, die ich am meisten liebe: Sie blieben in mir als vertraute Bilder und nährten mein Leben mit Erinnerungen und Empfindungen, aber den Zustand meiner Bildung verwandelten sie nicht.

Vor einer Woche fiel der erste Schnee. Die Abruzzen sind dann Zuckerhügeln gleich. Wenn es richtig schneit, gehe ich nur noch zu Fuß. In meinem Haus brennt dann von morgens bis abends der Kerosinofen. Oft heize ich gleichzeitig noch mit dem Kohleofen. In dem Zimmer mit Kohleofen halte ich mich bevorzugt auf. Es ist eine angenehme Wärme. Die Bauern verbringen den Winter hauptsächlich in der Küche, vor dem offenen Kamin. Die Küchen sind klein und mit einem Fenster versehen. Unter der Decke hängen große Schinken, kunstvoll geflochtene Tomatentrauben, Knoblauch- und Zwiebelzöpfe. Die anderen Zimmer der Bauernhäuser sind leer und dunkel, obwohl sie von außen groß und anmutig wie Villen erscheinen. In der kalten Jahreszeit qualmt mancher Schornstein, so dass man die bewohnten Häuser ganz schnell von den unbewohnten unterscheiden kann. Die Bäuerinnen verstehen es auch, am offenen Kamin zu kochen. Diese Frauen bewachen und speisen das Feuer, sie haben viel Erfahrung im Umgang mit Flammen. Sie finden in der Familie noch einen echten Lebenssinn. In Ripa gibt es viele zahnlose Münder. Ich mache gerne Spaziergänge im Schnee. Es ist angenehm, durch den tiefen Schnee zu stapfen, das knirscht so schön. Zuweilen fragt der eine oder andere, ob ich denn kein Heimweh hätte? Heimweh, das war anfangs, jetzt kommt es schon lange nicht mehr vor.

NAPOLI

Es zieht mich immer wieder dorthin. Diesmal sind wir zu Dritt. Wir haben uns informiert und wollen vieles sehen, unter anderem auch das „Museo Nationale" von Neapel. Eine Unterkunft finden wir in der Pension „Rio". Wenn man „Rio" hört, dann denkt man an Rio Bravo, Rio de Janeiro, Rio Grande, Rio Negro, Rio de la Plata und viele andere mehr, die alle eines gemeinsam haben: Sie klingen nach Abenteuer. Genau aus diesem Grunde sind wir drei also, ohne auch nur einen Zweifel zu hegen, in einer der dunkelsten Spelunken abgestiegen. Eine Spelunke, die mit der Bezeichnung „SOGGIORNO" wirbt. Ein Aufenthalt also, wenn auch kein sicherer. Wir zahlen, damit was passiert, auch wenn uns das gar nicht bewusst ist. Es ist jedoch eine Erfahrung, die irgendwie zu Neapel gehört. Fände man diese Art von Pension in Rom, Köln, Wien oder Prag, würde man nur wenige Minuten bleiben wollen. Eine Übernachtung käme nicht in Frage. Wir laufen durch das Zentrum von Neapel. Die Stadt hat eine würzige Luft, stickig, doch trotz vieler Wagen stinkt es nicht. Meine Füße streiken zuerst und ich setze mich auf einen Cappuccino in eine Bar. Später nehme ich noch ein Stück Pizza mit. Dann schlendern wir auf dem Gehsteig am Meer. Es ist warm, die Blechlawine überholt uns in einem Tempo, dass wir sie mit unserem Schritt manchmal wieder einholen. Unser Freund berichtet von Beziehungen, so klug wie nur er über seinen Geburtsort berichten kann. Nun möchte sie doch eine Zigarette, aber ich habe meine letzte gerade in der Hand; sie fragt den Freund. Er greift in die Tasche und bietet sein Päckchen an, damit sie sich bedient. Das tut sie. Ich höre ihm zu. Ihr Blick zu mir: Sehe ich denn nicht, dass sie auf Feuer wartet? Ich entzünde ein Holz, dann ein zweiter Versuch. Das dritte Zündholz schiebe ich wieder in die Schachtel. Später erlauben wir uns eine Stadtrundfahrt mit dem Linienbus. Wir waren wohl die Einzigen mit gültigem Fahrausweis.

Vor einem Jahr war ich wieder dort in dieser Stadt. Sie begleitete mich in meinem Auto. Auch übernachteten wir in dem großen Wagen. Ein überlanger Laster ließ uns aus unserem nächtlichen Schlaf hochfahren. Er rangierte genau an der von uns vorher so klug ausgesuchten Stelle. Nach dieser aufregenden Nacht fuhren wir morgens nach Amalfi. Eine kurvige Landstraße bis dorthin.

Du bist falsch, sagt sie neben mir. Links hättest du dich einordnen müssen. Ich setze zurück und fahre fünfzehn Minuten die von ihr vorgeschlagene Straße entlang, dann wieder in die von mir angestrebte Richtung. Die Lage zwischen uns entspannt sich keineswegs. Es weitet sich zum Machtakt aus. Sie gibt Fahrtrichtungen an, die ich kaum nachvollziehen kann und zu allem verfallen wir beide noch in Starrsinn und Dickköpfigkeit. Darüber lacht dann auch niemand mehr. Oft ist es nicht so wie im Film. Hinzu kommt, dass ich nicht der geringsten Versuchung erliege, die restlichen Nächte im Mercedes zu verbringen. Sobald die Scheiben nur einen Spalt heruntergedreht sind, kommen die Mücken gleich bedrohlich in den Wagen gesummt. Bei geschlossenen Scheiben erleidet man Atemnot. Oh Gott, welch ein Krampf!

Sie haben oft solche Reisen unternommen. Nach Rom, Urbino, Napoli, Sulmona, Ferrara ... Sie haben viel gesehen. Auch sind sie zusammen nach Deutschland gereist. Es waren meist angenehme Reisen. In Deutschland waren sie in den ersten Tagen meist bei Familie Schmitt zu Gast, die im ländlichen Bürdenbach wohnt. Dort ließen sie sich verwöhnen, die Studenten. Es gab eigentlich keine wirklichen Probleme. Bei ihr in Bürdenbach erzählte sie viele Neuigkeiten aus Italien und stellte sich und mich dabei als erfolgreiche, positive Studenten dar.

Ich blieb oft stiller Zuhörer, denn das, was ich dachte, hätten ihre Eltern nicht verstanden. Auch deswegen gab es keine Probleme. Eine gewachsene, eine dauerhafte Beziehung. In Italien, die Zwei in ihrem Häuschen, mitten im Grünen, eine Insel der Harmonie. Nicht einmal in fünf Jahren auch nur die heimliche Versuchung einer Untreue.

DER EINKAUF

Zweimal im Monat fährt er in den Conad-Supermarkt. Er hat dort vieles einzukaufen. Die Preise kennt er nicht aus dem Kopf, nur so ungefähr. Nebenbei mustert er die Leute. Die Gestelle sind voll: Gemüse, Früchte, woanders Dosen aufgereiht wie Munition, kein Mangel. Er liest die Preise, um sie zu vergleichen mit den Preisen in Ripa und denen zu Hause. Posso aiutarla, die Frage einer italienischen Verkäuferin. An dem Käse- und Wurststand muss er sich zwischen schwarzen und grünen Oliven entscheiden. Er kann sich nicht entscheiden und kauft beide. Es ist Montag und Nachmittag. Wenn er einkauft, Ware aus den Gestellen nimmt und sie in die großen Drahtwagen legt, geht es geschwind und nach Laune; er muss rechnen. Hinter der Kasse ist nicht immer Platz genug, den Drahtwagen auszuräumen. Oft findet er eine ruhige Ecke im Supermarkt, er könnte den Einkaufswagen aber auch gleich im Auto ausräumen.

GELD

Im Auto kontrolliere ich mein Geld, mein italienisches. Mir fällt ein, noch eine Gasflasche kaufen zu wollen. Zum Kochen reicht sie ein halbes Jahr.
Ich habe Reichtum nur von außen gesehen und ohne Vorstellung, woher er kommt, ohne Neid. Eine Villa mit Park wäre nichts für mich, dafür muss man geboren sein. Wenn ich mir ein Fahrrad oder sonst irgendeinen Gegenstand kaufe, tuts auch

das Billige. Das reicht aus. Ich glaube, ich habe ein gutes Verhältnis zum Geld.

Geld ist zum Verbrauchen da, wenn man es sich erlauben kann. Geld ist auch eine Glückssache. Man hat es oder eben nicht. Allerdings habe ich nie Geldscheine in der Hosentasche zerknüllt, sie wollen geordnet sein.

UNRUHE

Ich muss zurück. Mich ruft eine Stadt, keine bestimmte. Hauptsache sie ist groß und reich an Bewegung. Mit Bewegung meine ich auch polternde Lastwagen, Randgestalten und Szenenleben. Feuerwehrwagen in Aktion, die roten Autos mit ihren blauen Kreisellichtern oder auch Polizeisirenen könnten es sein. Ja, es soll wieder eine Stadt sein. Eine mit vielen bunten Lichtern und einer großen Masse von Menschen, denen man im Vorbeigehen ins Gesicht schauen kann, wenn einem danach ist.

Von Kreuzung zu Kreuzung schlendern, Hände in den Hosentaschen. Vielleicht das Geräusch eines Jumbos hören, als wäre es Medizin. Alles so, wie es damals in Buchheim war.

Meine Nachbarn rufen mich an das Telefon, mein direkter Draht nach draußen. Mein Freund M. aus Deutschland hat angerufen. Ganze 47 Minuten sitze ich am Telefon, mein Nachbar hat die Zeit genommen, auf seiner Stoppuhr. Danach bieten mir meine Nachbarn noch einen Teller Pasta an, ohne Stoppuhr. Meine Nachbarn sind Maria und Josef und er wird eigentlich nur „Wolf" gerufen, sicher auch, weil er seine rote Pasta nur so hinunterschlingt. Selbst wenn er schon aufgestanden ist, erkennt man seinen Platz wieder, weil er dort viele kleine rote Pünktchen hinterlassen hat, sozusagen als Beweis!

Ich trage eine alte, abgetragene Lederjacke. Ein Stück, das vom Vater auf den Sohn vererbt wurde. Ein Kleidungsstück mit Vergangenheit also. Der Jacke fehlt ein Knopf und außerdem ist das Futter in Höhe der linken Tasche ein wenig ausgerissen. Ich halte sehr viel von dieser Jacke. Eine Jacke wie diese ist nie wieder zu finden, nirgendwo. Maria näht mir freundlicherweise den fehlenden Knopf an und bringt das Futter in Ordnung. Ich erzähle ihr, dass mein Vater diese Jacke schon zu meiner Geburt trug und wegen ihr auch mal kurz auf der Polizeiwache landete. Sittenstrolche trugen ähnliche Jacken damals. Dieses edle Stück mit Geschichte, eine Jacke für die Ewigkeit. Hundertmal gereinigt, sie ist abgewetzt und genau das machts, dass man sich darin zu Hause fühlt. An der rechten Außentasche baumelt ein Knopf, ein kleiner, der farblich nicht mit den anderen übereinstimmt. Ich lobe M. vor ihrem Ehemann, während sie immer noch an der Jacke näht. Seine Bemerkung dabei: Eine solche Jacke gehört in die Altkleidersammlung, die Deutschen haben eben keinen Geschmack. Sie reicht mir die fertige Jacke und lacht: La tua sporca jacca!

Es ist fast Mitternacht als ich sie anziehe, eigentlich Zeit zum Schlafen. Bevor ich aus der Türe gehe, bedanke ich mich für das Abendessen und die Jacke.

BUONA NOTTE - BUONA NOTTE!

Nächtliche Überraschung: Er zieht sich gerade den Schlafanzug an, als er ein Auto vorfahren hört. Bei genauem Hinschauen erkennt er seinen Studienkollegen Uwe, der gerade mit einem geliehenen Wagen unterwegs ist. Es ist der rote Citroen von Pier-Luigi. Uwe leiht sich öfter den Wagen von Pier-Luigi aus. Vielleicht, weil sein Fiat nicht immer anspringt. Auch das Motorrad leiht er von ihm ab und an, P. L. ist eben ein freundlicher Mensch. Uwe schlägt ein Bier in Pescara vor und er findet somit einen Grund, sich sogleich wieder anzuziehen. Er trinkt gerne Bier, auch mal ein Peroni mehr. Es wird eine feuchte Nacht, wie abzusehen war. Gegen vier Uhr morgens fällt er müde, aber vergnügt ins Bett.

HAUSSUCHE

Auf der Suche nach einem Haus sind G. und ich heute den ganzen heiligen Feiertag durch die Abruzzen gefahren. Nachmittags finden wir endlich ein verlassenes Haus im Grünen; G. ist nicht ängstlich und steigt gleich über den Zaun: ein Bauernhaus, das Gemäuer ziemlich verlottert, das Gebälk zum Teil morsch. Wir kommen aus Ripa, Contrada Feudo, aus Mietshäusern, unser Leben lang sind wir Mieter gewesen. Jetzt möchten wir für wenige, am besten für ganz wenige Lire ein altes Haus kaufen. Wir stapfen durch das verwilderte Gelände, ein Dschungel von Brennesseln und Brombeeren, viel Farnkraut, wie üblich in dieser Gegend: Mauern aus grobem Berggestein und ein wenig verputzt. Der Zaun begrenzt ein großes Gelände. Einige Bäume gehören dazu. Drinnen im Haus ist es muffig, da und dort Schimmel an den Mauern. Die Zuversicht, dass sich dieses Gebäude umbauen und ausbessern lässt, sprechen wir uns gegenseitig zu; auch den Kaufpreis versuchen wir zu schätzen. Eines ist uns von der ersten Minute an klar: Alleine könnte keiner in diesem Tal hausen. Was mir gefällt, ist das schwere Dach aus langen Holzbohlen und wie das Ganze in den Hang gestellt ist, das Haus und ein steinerner Stall, der beinahe einer Kantine gleicht. G. meint, das man dort ideal Wein lagern könnte. Wir müssten allerdings einen Architekten zu Rate ziehen, wegen dem räumlichen Verhältnis der beiden Mauerkörper zueinander; außerdem bebt die Erde hier ab und an. Ich bin begeistert und habe schon die tollsten Pläne im Kopf. Jetzt heißt es nur noch den Besitzer ausfindig zu machen. G. lässt sich von meiner Euphorie nicht anstecken und bleibt abwartend. Nach einiger Zeit und ein wenig Suche finden wir endlich die Adresse des Hausbesitzers. Es ist eine kurze Begegnung, weil der Besitzer nicht verkaufen will, uns aber als Ersatz vier abgebrannte Mauerreste anzudrehen versucht. Es wäre die Verwirklichung eines Traumes gewesen. Vielleicht muss er nur noch einmal geträumt werden. Auf der Rückfahrt lade ich G. zum Essen ein.

P. L. – EIN ITALIENER

P. L. ist ein kleiner Italiener in Bluejeans und Rollkragenpulli, Mode der 70er; ein Vater, man hört es klar heraus. Seine Hände haben fast immer etwas in der Hand und sei es nur einen Glimmstengel. Wir kochen ab und an etwas zusammen; es ist eine heitere, unbeschwerte Atmosphäre. Er ist ein friedlicher Mensch, ganz ohne sichtbare Aggressionen. Oft führen wir eine beschwingte Unterhaltung, nicht selten über Frauen. Er hat eine Vorliebe für das junge Alter, vorzugsweise unter 30 Jahren. Manchmal ist auch diese oder jene Freundin dabei, dann sprechen wir von etwas anderem.

TRATTORIA ZIO CAMILLO

Hier war ich schon mit dem Griechen, mit G., P.L., Mutter und Schwester, A., C., B., mit beiden U.s; eben fast mit dem halben Alphabet. Also in einem mir bekannten Lokal. Das Essen ist nicht teuer beim „Zio" C. ; das Ambiente italienisch ohne Klimbim, die bäuerliche Intelligenz oft als Kundschaft. Der „Chef de'cucine" heißt Luigi, ein Berg von Koch. Er weiß es zu schätzen, wenn jemand deutsch mit ihm spricht. Während ich deutsch mit ihm spreche, sagt er ohne Hilfe viele deutsche Schimpfworte.

Luigi ist stolz auf seine deutsche Zeit. Man lacht gerne mit ihm; es geht weniger um das Verständnis als vielmehr um das reine Vergnügen. Hier werden immer Mengen von Fleisch, Nudeln und Salaten verzehrt, literweise Wein getrunken. Später, beim Schnaps, ruft meist irgendeiner nach der Rechnung. Zwischen 15.000 und 20.000 Lire zahlen wir pro Kopf, ein billiges Essen. Guido und ich verbrauchen oft zwei Servietten während der Mahlzeit. Für so wenige Lire einmal richtig völlern, selten kommt das vor, vielleicht ein- oder zweimal im Monat. Wir sind eine lustige Gemeinschaft von Studenten und Werktätigen. Ein Pärchen sitzt mir gegenüber; sie begegnet mir mit unverhohlener Neugierde, nicht ganz unbefangen, dabei wach und mit offenen Blicken, als vergleiche sie mich mit jemandem. Ihr Begleiter ist ein Vertreter von Recht und Ordnung, wie mir mein Tischnachbar unauffällig zuflüstert. Ein Polizist also, der mich jetzt sichtbar mustert, als würde er etwas vermuten. Er könnte einen nervösen Zeigefinger haben und mich eventuell zum Duellieren auffordern. Auch wird er mehr Erfahrung im Umgang mit Waffen haben. Mir geht durch den Kopf, dass ich zumindest meinen Wagen richtig geparkt habe. Nach dem Essen fahren wir alle noch zu T. nach Hause. Lange bleibe ich dann doch nicht mehr, denn die Müdigkeit macht sich bemerkbar.

Den Tag darauf komme ich kaum aus dem Bett. Müdigkeit nach zuviel Alkohol, Kopfschmerz ohne Föhn, das ist keine Krankheit. Hin und wieder ein Gläschen, so kann es zu keinem Leberschaden kommen; Gesundheit als Investition. Die ersten fünf Minuten auf den Beinen bereiten Schwierigkeiten, ein Gefühl von Schwindel und Atemlosigkeit; Bedürfnis nach Sauerstoff, ein Stoff, der zu fehlen scheint. Dieses Gefühl verliert sich nach einiger Zeit, spätestens nach dem ersten Kaffee. Wenn es nach dem heißen Kaffee nicht besser werden sollte, schießt ein Gefühl von Ärgernis auf; eine allgemeine Unsicherheit. Man glaubt zu wissen, wie sich unser Körper verhält bei einem Bier, Mokka oder Schnaps; im Sitzen ist die Reaktion auf Alkohol anders als im Stehen. Liegen ist ganz schlecht. Ich ziehe einen starken Kaffee immer irgendwelchen Medikamenten vor. Aspirin? Nur bei äußerstem Schmerz. Selten bin ich krank. Krankheit als Flucht vor der Hürde kommt nicht vor. Vielmehr träume ich von ewiger Gesundheit.
Im Moment ist es nicht wichtig.

EINE ABREISE

Vor vier Jahren bin ich das letzte Mal geflogen. Es war ein billiger Flug mit der afrikanischen Fluggesellschaft Somalia Airways. Von oben habe ich das chaotische Rom gesehen, dessen erdrückende Größe endlich einmal überschaubarer. Obwohl Dezember, schien die Erde eher bräunlich bis grau als grün. Eine überwältigende Stadt und ein ewiger Dschungel.

Kurz vor meiner Abreise sah ich sie zum letzten Mal mit ihrem neuen Freund. Sie kamen mir beide fröhlich entgegen. Die Begegnung schien trotzdem verkrampft. So standen sie da, vor der Universität, wo man sich freundlich zu unterhalten versuchte. Ich musterte ihn eingehend; er lächelte unentwegt. Ein sonnengebräuntes Gesicht, seines. Überhaupt war er schick, einfach besser gekleidet in seinem Anzug mit Krawatte.

Offenbar hatte sie meinen Gedanken gelesen, denn sie antwortete witzig. Es war ein Moment des Einverständnisses, zu vergleichen mit einer kurzzeitigen Waffenruhe, an der er nicht teilhaben konnte. Ein Triumph ohne Wert. Ich verabschiedete mich und ging an die Uni-Bar, wo T. schon auf mich wartete. Sie hing vornüber gebeugt an der Bar herum, gemeinsam mit einer Person. Ich wunderte mich über ihre merkwürdige Haltung, aber offenbar brauchte es ein Manöver, um diese Person loszuwerden; sie kam nach wenigen Minuten und klärte mich auf. Eine hässliche Bar, Dreiertisch neben Dreiertisch; kein Ort für vertrauliche Gespräche, und wir waren eher froh darum. Als man bestellt hatte, steckte sie sich eine Marlboro an; ich schob mir eine MS zwischen die Lippen.

T. jetzt vor dem Tisch: wenig italienisch, ihr Gehabe. Ein frohes Fest wünschte sie mir und die herzlichsten Grüße an meine Mutter. Wie viel hast du für den Flug Rom-Frankfurt bezahlt, ihre nebensächliche Frage. Ich hatte noch zwei Koffer zu packen, vielleicht auch noch ein Hausputz; also nicht viel Zeit. Sie schlug vor, ein paar Schritte um die Uni zu gehen. Wir schlenderten um die Betonburg herum. An unserer Universität wären fingerdicke Gitterstäbe vor den Fenstern gut, nicht etwa um die Selbstmordrate von erfolglosen Studenten einzuschränken, sondern um der Gefahr vorzubeugen, dass die überheblichen Professoren keinen Fenstersturz erleiden. Viele Studenten waren an der Uni. Ein greller Mittag, ohne Schatten fast unerträglich. Viele Leute reckten den Kopf in die Sonne, als könnten sie die Strahlen trinken oder zumindest glaubten sie eine Art Batterie aufzuladen, so wächsern, wie sie da standen. Da ich keine Sonnenbrillen mag, spazierte ich vorzugsweise im Schatten. Das kam auch meinem Kopf zugute, der nur ein gewisses Maß an Sonnenintensität verträgt. Nach der zweiten Runde um die Uni gingen wir dann langsam zu ihrem Auto. Ihr

Wagen, eine Ente, war zwischen großen Limousinen geparkt. Ich überlegte, ob wohl zuerst ihre Ente oder die Limousinen dort parkten. Der Uni-Parkplatz war fast leer. Von diesem Parkplatz sah man die Berge. In einiger Entfernung ein Pärchen, wild gestikulierend. Wir waren nicht schweigsam, nur weiß ich heute nicht mehr, was wir redeten. Am Himmel blinkte ein Flugzeug: morgen würde ich darin sitzen. Vielleicht nicht in diesem, aber sicher in einem ähnlichen Düsenflugzeug. In einen Propellerflieger würde ich nicht einsteigen; kein Transportmittel meines Vertauens.

Ich sagte Ciao, dann zwei Küsse auf die Wangen. Jetzt konnte ich fliegen, von allen hatte ich mich verabschiedet. Diese Zeremonie wird von Jahr zu Jahr kürzer. Bekannte Gesichter gehen, neue kommen. Man sollte sich auf seine eigenen Dinge konzentrieren. Nach einigen Schritten war ich an meinem Auto, blickte zurück und fuhr dahin.